伊東祐朔著『子孫が語る「曽我物語」』への序文

近藤　真

このたび伊東祐朔先生の書かれた『子孫が語る「曽我物語」』への序文を書くことになりました岐阜大学の憲法の近藤真です。２０１８年3月に岐阜大学を定年退職しますが、憲法の専門家の私が、なぜ本書の序文を書くことになったのかは、私が伊東先生の著作の熱心な愛読者であり、今回の著作『子孫が語る曽我物語』の憲法的な意義を語るに違いないと伊東先生から期待されたからなのかもしれません。しかし、ここではただ、伊東先生の著書の愛読者として、これまで読んできた伊東先生の多数の著作と絡ませて、今回の著書とこれまでのものとの関連性をできる限り明らかにしつつ、この『子孫が語る曽我物語』の私なりの解釈や楽しみ方を書くことによってその務めを果たしたいと思います。

いうまでもなく『曽我物語』は国民の多くに知られた仇討《あだうち》の昔ばなしです。『赤穂浪士』と『伊賀越の仇討』（１６３４年、岡山藩士渡辺数馬とその義兄荒木又右衛門とともに父の敵とされる河合又五郎を伊賀上野で討ったとされる事件）と並ぶ三大仇討話の一つであると言われます。伊東先生によると『曽我物語』は戦前には『国定教科書尋常小学国語読本巻４』（１９２８（昭３）年）の教科書にも採用され、18年目にして仇討の本懐を遂げた曽我兄弟（兄十郎祐成《すけなり》、弟五郎時致《ときむね》）を家門の名誉を守るために父の敵《かたき》を討ち滅ぼす忠義者と称賛したということです。『曽我物語』が文学として初めて世間に登場したのは、鎌倉時代に、曽我兄弟の仇討事件（１１９３年、源頼朝が鎌倉幕府を開いた翌年）から約１００年後の１２８５（弘安８）年頃に成立した『吾妻鏡』においてでした。それは長編の文学ですが、琵琶法師によって謡われた『平家物語』などと並ぶ「語り物」であって、瞽女《ごぜ》たちによって全国に謡い広められたのではないかと言われ、『曽我物語』のその作者については伊東先生によれば富士の巻狩りでの仇討において討ち死にした兄の曽我十郎祐成《すけなり》のつれあいの虎御前《とらごぜ》ではないかと推測されています。曽我物語にまつわる歌舞伎、浄瑠璃、常磐津、長唄など、歌舞音曲は、無数にあり、民衆からの人気の程が窺われますが、それらは「曽我もの」と呼ばれます。歌舞伎では特に延宝四年正月（１６７６年２月）に初代市川團十郎が『寿曽我対面《ことぶきそがのたいめん》』（曽我兄弟と彼らの父（相撲四十八手の河津掛けで有名な河津三郎祐泰《すけやす》）を殺した敵《かたき》である工藤祐経《すけつね》との初めての対面の場）を初演して、弟の曽我五郎役が大当りし、その後、この「対面」は初春の成田屋の顔見世興行として不可欠のものとなり、成田屋にとどまらず『曽我もの』は正月の縁起物として歌舞伎界全体の十八番《おはこ》となっていったのでした。

　私にとっても「曽我もの」といえば、何といっても弟の曽我五郎時致の物語であって、とくに歌舞伎の代名詞である「助六」です。皆さんも「助六寿司」は好きな方が多いでしょう。助六さんのシンボルは頭に巻いた江戸紫のハチマキです。そして歌舞伎では、助六の恋人が、吉原一の花魁、揚巻《あげまき》です。この助六さんのシンボルの紫のハチマキを模した「海苔の巻き寿司」と花魁の揚巻さんの揚げをかけた「お稲荷寿司」で助六寿司だというわけで、歌舞伎演目「助六」好きな江戸庶民もこの助六寿司をほおばりながら正月の歌舞伎小屋に足を運んだことでしょう。

　歌舞伎の演目「助六」は略称で、正式タイトルは「助六由縁江戸桜《すけろくゆかりのえどざくら》」といいますが、歌舞伎十八番の中でも一番人気の舞台です。それは、成田屋・市川團十郎のお家芸です。今日でも、成田屋の市川團十郎か市川海老蔵しか「助六」を演ずることはできません。私も今の人気の海老蔵の助六をぜひ見てみたいものです。「助六」は成田屋独占のあまりに大当たりの作品だけに、その後、タイトル、音曲を変えて、他の屋号の出し物にも助六ものが、多数出回りました。たとえば、音羽屋・尾上菊五郎は清元「助六曲輪菊《くるわのももよぐさ》」松嶋屋・片岡仁左衛門は長唄「助六曲輪初花桜《くるわのはつざくら》」、大和屋・坂東三津五郎は常磐津「助六桜の二重帯」、高麗屋・松本幸四郎は長唄「助六曲輪江戸桜」という感じです。読者の皆さんも、「助六」をまだご覧になっていない方は、この３５０年の伝統芸術歌舞伎「助六」のあでやかな様式美を堪能してみてはいかがでしょうか。（参考文献、金森和子『すぐわかる歌舞伎の見どころ』東京美術、２００４年）

　さてすっかり歌舞伎案内になってしまいましたが、曽我物語は歌舞伎中の歌舞伎、十八番でもいの一番の作品であり、日本で知らぬ者のほとんどない物語です。その物語の主人公たちが伊東先生の先祖であったのはまた衝撃です。なんともはや世の中は狭いとしか言いようがありません。

　今回、伊東先生が「曽我物語」を子孫の目で書かれました。仇討を果たす「助六」こと、曽我五郎時致も、仇討される工藤祐経も、同じ伊東家の先祖ですし、明治憲法下で「曽我物語」は学校教育において褒めるべき仇討兄弟として称えられましたが、伊東先生からすれば、決して褒められるべきことではなく、嘆き悲しむべき先祖の一族内での殺し合いなのです。世間が源平の合戦に飲み込まれ、全国が源氏か、平家かどちらかにつくしかなくなり、家族内も敵味方に分かれて殺しあわねばならないとは、かりにそれが戦国時代の世の習いとしても、この戦国時代の非情さは、平安・鎌倉時代にとどまらず江戸時代まで続き、さらに明治になっても海外侵略を繰り返す愚劣さとして、その後の何代にもわたって繰り返される歴史として見なければならないとは何と悲しいことであろうか、これこそが伊東先生の伊東家ルーツ四部作の一貫したテーマです。

伊東祐朔先生が伊東家のルーツになぜ関心を持ったかというと、その家自体にありました。恵那の飯地の伊東家の自宅は、外見は農家ですが、内装は農家というより、それはもはや藩主の城に近いのです。不思議に思って飯地伊東家の先祖を尋ねると、それは関ケ原の合戦のときに豊臣方として戦って敗れた、宮崎県の飫《お》肥《び》城の城主の伊東家の一門にたどり着いたのでした。飯地は豊臣方落人の隠れ里だったのです。こうして最初の著作、『豊臣方落人の隠れ里 市政・伊東家日誌による飯地の歴史』が完成したのです。ところで、関ケ原の合戦に際し、飫肥城の城主の伊東家は、息子兄弟を二手に分け、一方は豊臣方に味方し、他方は徳川方に味方して、どちらが勝っても家の存続が図れるように算段したのでした。かくして、飯地伊東家は、破れた豊臣方の家臣団として恵那の飯地に落ちのびたのですが、江戸時代の社会の表舞台に出ることもなく隠れ里で江戸三百年を生き延びることになりました。かくまってくれた苗木藩遠山家とそれに対立する隣の強力な尾張藩との間の国境紛争において苗木藩を支援して飯地伊東家が知恵を絞ってあの手この手で尾張藩の侵略を撃退していくという『小さな小さな藩と寒村の物語　徳川御三家・尾張藩六十二万石に隣接する』が伊東家のルーツの物語を描いた第二作目となりました。さらに、江戸三百年をつうじて隠れ里で生き延びることができた飯地伊東家に対しては、飫肥城伊東家が放置していたわけでもなく、物心両面での支援が江戸幕府の目を逃れて極秘裏に飫肥城から高野山を通じて差し伸べられたようなのでした。その飫肥城から出たもっとも有名な人物こそ歴史の教科書で皆さんも知っている「天正遣欧少年使節団の伊東マンショ」でした。キリシタンとして有名なその飫肥城伊東家の伊東マンショの数奇な生涯を描いたものが、第三作の『嵐に弄ばれた少年たち「天正遣欧使節」の実像』でした。そこでは、伊東マンショが、ヨーロッパへの往きのときは日本のキリスト教会から派遣された少年使節としてローマ法王と会い、帰りはキリシタン禁教令の下で、オランダからの政府使節として秀吉に会うという複雑な展開をたどり、伊東マンショのその高度な測量技術など西洋の知識・技術のゆえに秀吉は側近にしようとしましたが、伊東マンショはキリスト教の布教活動に専心したいと内心考えていたので、それを固辞したのでした。伊東マンショの最後は山口で布教活動していた時に帰らぬ人となるのですが、徳川時代に島原の乱以降の幕府のキリシタン禁圧により飫肥城伊東家は、家を守るためにキリスト教との関係を絶ち、伊東マンショの公式記録は跡形もなく飫肥城伊東家の歴史から消し去られていったのでした。

第四作が今回の『子孫から見た「曽我物語」』となるのですが、飫肥城伊東家からさらにルーツをたどると鎌倉幕府頼朝臣下の伊東祐経にさかのぼり、その別名、工藤祐経を父親の敵として討ち果たそうとする、祐経の甥にあたる「曽我兄弟」の仇討という歌舞伎で知られた国民的物語を、飫肥城伊東家のルーツを探る研究において伊東家の家族内の殺し合いの悲劇ととらえて、その一部始終を再構成しようとしたのです。戦から生まれるものは女子どもの犠牲だけです。犠牲となった彼らの願いはただ一つです。戦のない平和な世の中にしてほしい。自分のやりたいことも成し遂げられなかった自分たちのような悲劇を二度と繰り返してほしくないという慟哭こそ、全四作のメッセージであったと思います。

かくして、伊東先生としては、これをもって飯地伊東家ルーツ四部作の完結とされるかもしれませんが、私としては、伊東先生にもう一作、明治維新から現代までの近代国家における飯地伊東家の物語を書いていただいて、伊東家の今日までの８００年に及ぶルーツを尋ねる物語をしめくくる最後の第五作、明治以後の完結編をぜひとも完成してほしいと思います。

つたない序文となりましたが、私なりの伊東家ルーツ四部作の案内でした。では読者の皆さん、伊東祐朔先生をはじめ、いずれのかたも、本書で結ばれた不思議な縁《えにし》を大いに祝し、皆様の今後ますますのご健勝とご活躍を祈ります。

（９ ＪＵＬ ２０１７　こんどうまこと）

目次

子孫が語る
「曾我物語」

第一章　『曽我物語』の前夜

1　相撲の決まり手「カワズ投げ」の開祖河津《カワズ》三郎《サブロウ》・祐泰《スケヤス》

「コケコッコー」庭で放し飼いにされている雄鶏《オンドリ》が時の声をあげ、目覚めた雌たちも「コッコ、コッコ、コッコ」と騒ぎ始めました。

「カナカナカナ」とヒグラシゼミが残り少ない命と、過ぎ去る夏を惜しむかのように力なく鳴きだしました。秋の気配を感じさせる早朝のことでした。

心地よい眠りから覚めた、河津《カワズ》三郎《サブロウ》・祐泰《スケヤス》はいつもの習慣で、褌一つの裸身で河津川の縁を海へ向かって走り出しました。

供の者二人も息を切らせて従います。海岸には白波が打ち寄せ、カモメの姿もいつもと変わりはありません。

ここで祐泰は、四股を踏んだ後三十キロもある石を持ち上げ、頭上高々と差し上げます。数回同じ動作を繰り返した後、百キロを超えようかと云う大石（岩）を胸の高さまで持ち上げ、静かに足元へ置き、また持ち上げる、を何度も繰り返しました。

これが、河津で朝を迎える祐泰にとっての、習慣になっていました。

「荘園の領主たる者、強くなければならぬ」との父親、伊東二郎・祐親《スケチカ》の教えを守り、この荒行が朝食前の日課だったのです。

現在、静岡県賀茂郡河津町の館跡に建てられた「河津八幡宮」に、大岩を抱き上げ鍛錬する祐泰の像が建ち、「河津三郎力石」との、第三十五代横綱・双葉山の書による、銘があります。

この祐泰像は、河津町出身の木彫家「後藤白童」の日展入選作で、昭和十七年寄贈されました。

そして、祐泰が鍛錬に使ったとされる大きな岩（約三百キログラム）に注連縄がかけられ、祭られています。「玉石」と名付けられています。

河津祐泰像

この後、彼は館で朝食を済ませ、武術、特に弓矢の練習です。まず、巻き《マキ》藁《ワラ》（姿勢の訓練に近距離から矢を放つため藁を束ねた的）に向かい、何度も何度も弓を引き絞り、姿勢をチェックします。

その後、十五間離れた的に向かい矢を放ちます。

的は横に七個並べられており、右端から次々と、的の中心を射抜きます。七個の的を射抜くと、両脇に控える下郎の丹三郎と鬼王丸が、的から矢を抜き、恭しく主に差し出します。

これを何度か繰り返すと、祐泰は目を瞑り弓に矢をつがえ、左から的を狙

35代横綱・双葉山の書

います。

心眼とでも云うのでしょうか、ほとんど的の中心を射抜いております。

祐泰の使う弓は、普通の武士や猟師には引くことのできない、張りの強い「強弓」と呼ばれていました。

祐泰は、田畑を荒らすイノシシやシカなどを、この強弓で仕留めた獣肉を農民たちに与え、感謝され、慕われた領主（荘園主）でもありました。

丹三郎と鬼王丸はともに、荘園内の百姓の倅でしたが、百姓仕事より剣術に憧れ、祐泰の息子・一萬丸と箱王丸の子守役として仕えることになったのでした。

祐泰もそんな二人に、上下のへだたりなく、丁寧に稽古を付けてやりました。

午後は馬術の訓練です。自分の足とともに馬の足腰も鍛えねばなりません。馬と自分の足のみが移動の手段だったからです。

いや、もう一つありました。水路、船を使った移動や荷物の運搬も盛んに行われていました。

ここ、河津の港を管理・防衛することも祐泰の重要な任務の一つでもありました。

しかし、この日は朝食を摂ることはできませんでした。

海岸での岩を使った鍛錬で汗を流し、館へ帰ろうとしたとき、海から使者

河津の海岸

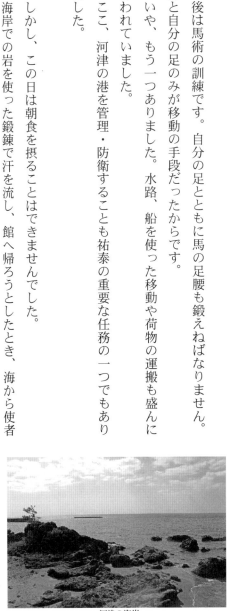

が訪れたのでした。

伊東の館に住む父親、伊東二郎・祐親からの便りがもたらせられました。

父の氏（ウジ）が「伊東」で嫡男が「河津」を名乗っていることがこの事件の骨格の一つでした。

「近隣の大名（荘園主）と源《ミナモトノ》佐殿《スケドノ》・頼朝《ヨリトモ》を招いた宴会を行うので接待に来るように」と認められていました。

さらに「巻き狩りを行うかも知れないので、馬で来るように」と付け加えられていたのです。

この当時の「大名」とは江戸時代のそれとは異なり、広い領地を私有し、多くの家臣を従えた荘園主・豪族を指していました。

2　伊豆・奥野での巻き狩り

武蔵の国（東京都、埼玉県）相模の国（神奈川県）駿河の国（静岡県西部）伊豆の国（静岡県東部）四か国の大名が伊東の館に集まり伊東二郎・祐親のもてなしで三日三晩もの酒宴が催されました。

伊東の館は海が見渡せる小高い丘の上にあり、現在は

伊東市モニュメント

伊東市市役所が建てられています。周辺は「物見塚公園」と呼ばれ、市民憩いの場として整備されています。

伊東家一族は、以前から朝廷・平家方の武将として港を抑えることが義務付けられており、ここから航行する船を見張っておりました。

筆者が伊東市役所を訪れた際「君の祖先は海賊だった」と聞かされ複雑な気持に陥ったものでした。

現市役所は津波を避けるため、この小高い丘の上に建てられたものだそうです。

伊東家屋敷跡の碑

「伊東二郎・祐親が各大名をもてなした」と書きましたが、名目は全くの逆で、祐親が朝廷の御番衆（警護役・任期三年）として京へ赴く送別の宴でもありました。

自分の送別の宴を、自分の館で開くと云うのも主客が転倒し、それだけ権威ある館であり「自分の屋敷で」と言い出せる大名もいませんでした。

その宴席で、奥野の山で巻き狩りを行おうと話がまとまりました。

こうなるであろうことは、祐親にとって予定内であり、準備も万端整えられていました。

この催しのもう一つの目的は、表向き幽閉の身である、源佐殿・頼朝を慰めることでした。

奇妙な話です。

当時頼朝は、親しくする周りの者たちから「佐殿」「佐殿」と呼ばれていました。伊豆へ流される前、官位が従五位下右兵衛権佐《ウヒョウエゴンノスケ》であったため、「佐殿」と呼ばれ、本人もこの呼び名が気に入り、源佐殿《ミナモトノスケドノ》・頼朝《ヨリトモ》と名乗っていました。

この時、頼朝は平家との戦いに敗れ、打ち首になるところ、平清盛の乳母からの嘆願により、伊豆の「蛭が小島」への流刑に減刑され、平家方の武将たちの監視下に置かれていたのでした。

「流刑」「監視下」とは建前で、都から遠く離れた伊豆の地です。頼朝自身も、気ままに生活していました。監視すべき罪人を、酒宴に招き、囚われの身を慰めようと巻き狩りまでが催されるというのです。

建前と本音が交錯していたのです。

いやこれこそが大名たちの本音だったのです。

この当時、政治の中心は表向き天皇家ですが、実権は平家であったり、源氏であったりで、地方の大名たちは、中央での源氏と平家の勢力を見極めようと、どちらに味方すべきか、各自が胸に秘め情勢の成り行きを、息をひそめ見守っていました。

さらに、頼朝は平家方にとっての罪人とは云え、天皇家（清和天皇）の血を引く身と云われています。

大名たちとは比較にならない身分高き、尊き人物でした。

朝廷内の罪人・頼朝と、監視役である地方豪族とでは身分差が大きすぎたのです。

その時の情勢次第で、強い方に味方する武将もおれば、いったん決めた主君には命を懸けても従うこと・忠義こそが、武士道と考える者等、心中は様々でした。

このとき集まった大名や武将たちも、表向きは罪人であり監視すべき源佐殿・頼朝を、慰めるための巻き狩りと云う奇妙な催しでした。

罪人・頼朝と監視役である地方豪族とでは、付き合い方が逆転していたのです。

多くの郎党、下郎など下級家臣、そしてかり出された農民たちが、「ワーワ」と大声をあげ「ドンドン」と太鼓を打ち鳴らし木々の生い茂る山の上から下方へと潜む獣を追い立て、麓の草原で、弓に矢をつがえ、待ち受ける主君に射止めさせる行事が巻き狩りと呼ばれていました。

弓矢で何頭仕留めたかを競い合う、プライドを賭けた武将達の娯楽でした。

一方、郎党など下級武士たちには戦や、野宿の訓練を積ませる目的もありました。

仁安二（千百六十七）年、頼朝二十一歳の秋でした。

挿入の章　一

尚、郎党と云うのは、地方武士たちが戦力確保のため主従関係を結んだ身分の低い武士を指します。
下郎とはそれより身分が低く雇用された人々で、私的奴隷とも云われています。
下郎が相手を倒しても（首を上げると云いました）褒章の対象にはなりませんでした。

A尊いお方と卑しい輩

かつて「国民的テレビ番組」と評判だった『水戸黄門』でこんな場面を見ました。

親不孝な極道息子が、孝行者をよそおい、お殿様からご褒美を貰おうと企み、黄門様に見破られてしまいました。

「それへなおれ、手打ちにいたす」と黄門様は刀を抜き右斜めに構えました。

「おっかあ助けてくれ」と、息子は母親にしがみつこうとします。

母親は「尊いお方の、お手打ちになるのです。名誉なことです。卑しいお前も、あの世で自慢できます」となだめました。

さすがに、黄門様です。「エイッ」と刀を寸止めにし「親不孝なお前は死んだ。孝行息子に生まれ変わったのだ。これからは年老いた母親を大切にせよ」と諭しました。


この娯楽番組の意図は解りますが、なぜ黄門様が「尊いお方」で百姓母子は「卑しい輩」なのでしょうか。

ちなみにこの時、黄門様・徳川光圀は従三位で、亡くなった後従一位、続いて正一位が贈られています。

汗水垂らし、埃と土にまみれ必死に働く人々が下品で卑しく、その下品で卑しい人々の働きをピンハネし、優雅な暮らしをする人が「尊く上品な人」なのでしょうか。

「尊く上品なお方」と「卑しく下品な輩」の間に遺伝子の違いはあるのでしょうか。

全く根拠のない差別です。

B位階《イカイ》　身分の格付け

「上品な人と下品な人」「尊い人と卑しい人」の区別（差別）が法律で定められていたのです。本当の話です。我が日本で。

七百一年の大宝令と七百十一年に成立した養老令に「官位令」として明記されています。人の身分を位階と云い、官職（公務員でしょうか）の序列と関連させたのでした。位階の高い者が高位の官職に就けるのです。

簡単に触れておきます。

最も上品な人は皇太子で一品（イチホン）と云います。

この品（ホン）の位は皇族に、天皇から授与されます。

天皇には品位はありませんでした。何故なら天皇は「神」であり、人間ではないのですから。

この品位は天皇との血縁順に一品から四品の四階位が定められていました。

朝廷（天皇）に従う偉い人（諸臣）には正一位から外少初位下までの三十の階級がありました。

上から正一位、従一位・・・正三位、従三位（ジュサンミ）・・・・外少初位下と、とても複雑です。

従五位下（十四番目の階級）までは天皇が居住する清涼殿への昇殿が許され「殿上人」と呼ばれました。

十五番目の階級でも蔵人《クロウド》（天皇の書記官）は昇殿が許されていました。

従三位までが「公卿《クギョウ》（貴族）」と呼ばれていました。日本にも「貴族」が存在したのです。

前項の黄門様は従三位であり、貴族ですから、やはり「尊いお方」だったのです。・・・？

3　頼朝の前で相撲大会
河津三郎・祐泰「カワズ投げ」を披露

普段、人声が聞こえることのないここ伊豆の国を流れる松川の上流部、奥野（八幡山や赤沢一帯）の山々のあちこちから聞こえる、「ワーワー」との叫び声や「ドンドン」と叩き鳴らされる太鼓の音などが、早朝から響きわたっていました。

あまりの騒音に、いつも鳴き交わす鳥たちの声も聞こえません。どこかへ逃げ去ったのでしょう。

本来、この時期はツグミ、アトリ、マヒワ等々、冬鳥が北の国から渡来し、小鳥たちの声が周りを取り囲んでいるはずでした。

自然の織り成す美しい音楽が、人為的な騒音へと入れ替わっていたのでした。

そんな喧噪が止み、一刻（二時間）ほどすると「投げろ」「殴れ」「押し倒せ」等の怒鳴り声と「ワーッ」との歓声が響き渡りました。

安元二（一一七六）年初秋のことでした。

奥野の狩り場　土俵跡

山の麓、松川を見下ろす崖の上、一尺以上に伸びたヨモギや、穂を出し始めたススキが生い茂る原野が広がっており、若い武士たちが相撲を取っていたのでした。

伊東荘《イトウノショウ》の領主・伊東二郎・祐親が主催する巻き狩りが終わり、山の麓を流れる松川に沿って広がる草原での、酒盛り中の出来事でした。

火を焚き、獲物（シカ、イノシシ、キジ等）を下郎が調理し、串焼きと酒で盛り上がり、余興に力自慢の相撲大会が催されたのでした。

相撲と云っても、円形の土俵もありません。整地もされていません。殴り倒しても、投げ飛ばしても、相手を転がせば勝負が決まりです。「組打ち」とも呼ばれていました。武芸の一つとして、若者たちにとって力自慢の見せ場でもありました。

このとき注目されていたのは、相模国の武将・俣野《マタノ》五郎・影久でした。俣野は怪力の持ち主で、自他ともに優勝を疑う者はありませんでした。

彼自身もそれを意識して、力自慢の若者たちの勝ち抜き戦に、最初から出場することなく、機会を窺っておりました。二十数番の取り組みの後、相模国の土屋二郎が勝ち残ったのでした。

機会が訪れました。同じ相模国の武将ではありますが、ここで俣野が出ないわけにはゆきません。

自分の力を誇示するのには絶好の機会です。

取り巻く若者たちも、この機会に自分の力を試したいと思う者、俣野を倒し、名を上げようとする者たちが次々と挑みました。

上手投げ、下手投げ等、技と云うよりほとんど、力勝負でした。

俣野も取り組みが進むうちに、疲れが出てきたのか顔に汗を見せるようになりました。

この機会を伺っていたかのように、立ち向かう者も現われ、結局三十二番取り組み、俣野が勝ち続けたのでした。

勝ち誇った俣野はこともあろうに行事役の土肥二郎・實平を指名したのでした。

土肥二郎・實平は相模国の長老であり、怪力の持ち主・相撲の達人として名を知られていましたが老齢のため、この日は行司役に徹していたのでした。

土肥は東国四ヵ国（武蔵、相模、駿河、伊豆）では知らぬ者は無い怪力の持ち主で「相撲の神」とまで云われていました。

年齢による衰えを感じていた土肥は「年寄の出る幕ではない」と辞退しました。

俣野は「土肥を打ち負かした」との実績が欲しく、土肥に迫り続けました。

土肥は俣野の執拗な挑戦に「自分の時代は終わった。若者に華を持たせよう」と負けを覚悟し着物を脱ぎ始めたのでした。

勇猛・豪傑で知られていた土肥の顔に寂しさがよぎるのを、河津三郎・祐泰は見逃しませんでした。

「若輩者で相撲も初めてですが、私にも稽古をつけていただけませんか」と俣野に申し出ました。

その場に居た者たちからどよめきが起こりました。誰一人河津が相撲を取るところを見た者がなかったからです。

ただ父親祐親は、そんな息子を心配し「止めておけ、俣野殿に勝てるはずがない」と小声で窘めましたが、すでに祐泰は褌姿で俣野を待ち受けていました。

「この若僧めが。何故今になって」といぶかしく思いましたが、これまですべて、ランダムな相手と、勝ち抜き戦を戦ってきたのですから、断る理由はありません。

土肥は脱ぎかけた着物に袖を通し「はっけよい」と掛け声をかけました。

両者はしばらくお互いに突きあっていましたが、素早く俣野が河津の褌に手をかけ右四つの体制になり、俣野が下手投げを打とうとしました、瞬時遅れて河津が右から下手投げを打ち返し相手を転がしてしまいました。

「河津殿の勝ち」すかさず土肥二郎・實平が勝ち名乗りを上げました。

負けるはずが無い相手に投げ飛ばされた俣野は収まりません。

「あ、いや、少々お待ちください。拙者は河津殿に投げ飛ばされたのではありません。倒木に足をとられ、不覚にも手をついてしまいました。

足場の良いところでもう一度取らせてください。必ず河津殿を投げ飛ばしてご覧に入れます」と俣野は負けを認めません。

祐泰も、自分が投げを打つ直前、俣野の身体がよろめいたことを感じていました。

「河津殿が勝ったのだ」

「俣野殿は倒木につまずいたのだ」

「取り直しだ」

周りを取り巻く人々も酒のせいもあって、姦しく叫びます。

ことほどさように、この時の相撲は、円形の土俵もなく、整地もされていない草原で、突飛ばしたり、投げ飛ばしたりで相手を転ばすことで勝利が決まったのでした。

このままでは納まりが付きません。

河津は取り直しに応じたのでした。

「はっけよい」の掛け声とともに、お互いに右を差し、右四つの体制になりました。

烏帽子親でもある土肥二郎・實平の名誉を守ろうと、相撲に未経験であったにも関わらず、名乗り出た河津三郎・祐泰でしたが、二度目の取り組みでは落ち着きを取り戻し、力の差が歴然と分かったように思えました。

実力の差か、勝ち抜き戦で三十番以上も取った俣野に疲れが出ていたことも否めません。

右下手で投げ飛ばすことは簡単に思えましたが、俣野の自尊心を傷つけたくないものと、俣野の動きに合わせ、時間を稼いでいました。

しばらくその状態が続いていましたが、俣野が渾身の力で寄り、左脚を外側から絡め、その脚を軸に右からの投げを打とうとしました。

こらえる河津は、左腕を相手の首に回し、巻き付けられた相手の軸足の先端を、自分の足の指で挟み相手の身体を浮き上がらせ、右後ろへと投げ飛ばしたのでした。

誰の目にも、勝敗は明らかです。俣野も異を唱えることはできませんでした。

「見事」との頼朝の一声で相撲大会は終わりを告げました。

筆者は、この酒宴での若者たちの力比べでの技を、日本相撲協会が「決まり手・四十八手」の一つ「カワズ投げ」として認定していることに、少々不思議さを感じています。

しかも、河津三郎・祐泰がこの技を披露した直後弓矢で射殺され、二度と相撲を取ることはありませんでした。生涯で一度しかこの技で勝利を収めていないのです。

しかし、河津三郎・祐泰の墓前への参道（伊東市馬場町）には、日本相撲協会の石碑が立てられています。

そして、墓前では一九五九（昭和三十四）年五月、元横綱・栃錦が土俵入りを奉納していることを、伊東市教育委員会の方から教えられました。

Cカワズ投げ（カワズ掛け）

両者右四つに組みます。相手が左肩を強引に寄せてきます。当方は左腕を相手の首に回します。

相手は当方の右側に回り込み、左膝を当方の右膝の裏側にぶっつけてきます。当方は右脚を相手の内側に巻き込み、親指と人指し指で相手の足を挟みその脚を振り上げ、右手で相手の褌を引くのと同時に首を巻いた腕に力を込

日本相撲協会の石碑

河津祐経の墓地　44代横綱・栃錦による土俵入り奉納

め、相手の身体を自分の右後ろへ投げ飛ばす荒業です。

足の指で相手の足を挟み体重を持ち上げる怪力に驚かされます。

第二章　『曽我物語』の幕開け

1　曽我家と血縁関係のない『曽我物語』

話は前後しますが、この時、伊東家の主は、河津三郎・祐泰の父親である伊東二郎・祐親でした。父親の苗字が伊東であり、その嫡男が河津を名乗っています。

相撲の直後、河津三郎・祐泰を射殺したのが工藤祐経の家臣・八幡三郎と大見小藤太でした。

そして、『曽我物語』の主人公・曽我十郎と五郎は河津三郎・祐泰の息子であり、血縁的には曽我家と全く関係がありません。

伊東、河津、工藤そして曽我。この複雑な人間関係は、すべて血生臭い伊東の本家争いであり、その原因は伊東家初代にまでさかのぼらねばなりません。後述します。

2　河津三郎・祐泰　射殺される

監視されるべき、囚われの身である頼朝の一声で、これまでの行事はすべて終え、大名たちは、それぞれ自分の館へと帰り始めました。

この時の「大名」とは、江戸時代のそれとは違い、一定の領地と家来を持った豪族の代名詞として使われていたにすぎません。特に定義は無いようです。

相撲大会の間中、大名家の郎党（下級家臣）下郎たちは、主君が倒した獲物の皮を剥ぎ、樽に積め塩漬けに、館へ持ち帰る準備を終えていました。

遠くは武蔵、相模まで徒歩で一両日の工程です。

途中何泊かの野宿は、戦こそが仕事であった当時の武士たちにとって、気になることではありませんでした。大名など上級武士は馬上で、家臣のほとんどは徒歩での移動でした。

今回のような巻き狩りは、当時の大名にとって、娯楽であり、同時に戦の訓練として盛んに催されていました。

「ワーワー」「ドンドン」と喚き、太鼓を打ち鳴らし、下級武士や下郎たちが、山の中に潜む獣を、麓で、弓に矢をつがえ待ち受ける主君の前へ追い出すのですから、戦争ゴッコと言っても過言ではありませんでした。

さて、帰途の伊東一族ですが、偵察の家臣に先導させ、祐親が、その後に河津祐泰が続き、半刻（約一時間）ほど馬を進め、赤沢山の麓にさしかかった時、一本の矢が祐親のわきを飛び去りました。

大見小藤太が祐親を狙った矢でしたが、小藤太は緊張のあまり狙いを外してしまったのでした。

近くにいる者たちに緊張が走りました。

その瞬間、次の矢が祐泰の腰から腰椎《ようつい》を射抜きました。

馬も驚き、二本足で棒立ちになり、祐泰は振り落とされ、意識を失ったようです。

それを見た祐親は、息子のもとへ引き返そうと馬を返した瞬間、八幡三郎の放った矢が祐親の左手を射抜きました。

その矢を抜きとろうと、思わず手綱を持つ右手を放し、落馬してしまいました。

家臣たちは慌てふためき、祐親親子に駆け寄る者、相手を追いかける者もいましたが、結局相手は取り逃がしてしまいました。

祐親は、左手に怪我を負っただけで済みましたが、祐泰はほとんど即死の状態で命を落としてしまいました。

祐泰は、最後に力なく自分を射た者の名を「八幡三郎」と言い残したのでした。


これが『曽我物語』の始まりでした。

矢を射かけた二人は取り逃がしましたが、追いかけた者によって、一族の工藤祐経の家臣・大見小藤太と八幡三郎であることが判明したのでした。

この二人は、三本並んだ椎の大木の陰で伊東一族の帰りを待ち受けていたのでした。

この椎の木の残痕が現存しています。

工藤祐経の狙いは、左手に負傷を負わせた伊東二郎・祐親だったのですが、その息子のみを落命させたのでした。（p42へ続きます）

殺された河津三郎・祐泰には妻と二人の息子があり、二人の息子・後の曽我十郎、五郎の兄弟によって父の敵として工藤祐経を、討ち果たすまでが『吾妻鏡』等に描かれた曽我物語です。

浄瑠璃や歌舞伎の外題として、今日まで日本の「三大敵討ち・美談」として語り継がれていますが、時系列等にも矛盾が見られ、フィクション性が強く感じられます。

史実を辿りながらパソコンのキイを打とうと思いました。

しかし、本書は歴史書ではありません。史実を辿りながら、場面場面での状況は筆者の空想であることをお断りしておきます。

尚、戦前、戦中には親孝行・美談として「国定教科書」にも取り上げられていました。

二人の暗殺者が潜んでいた椎の木の残痕

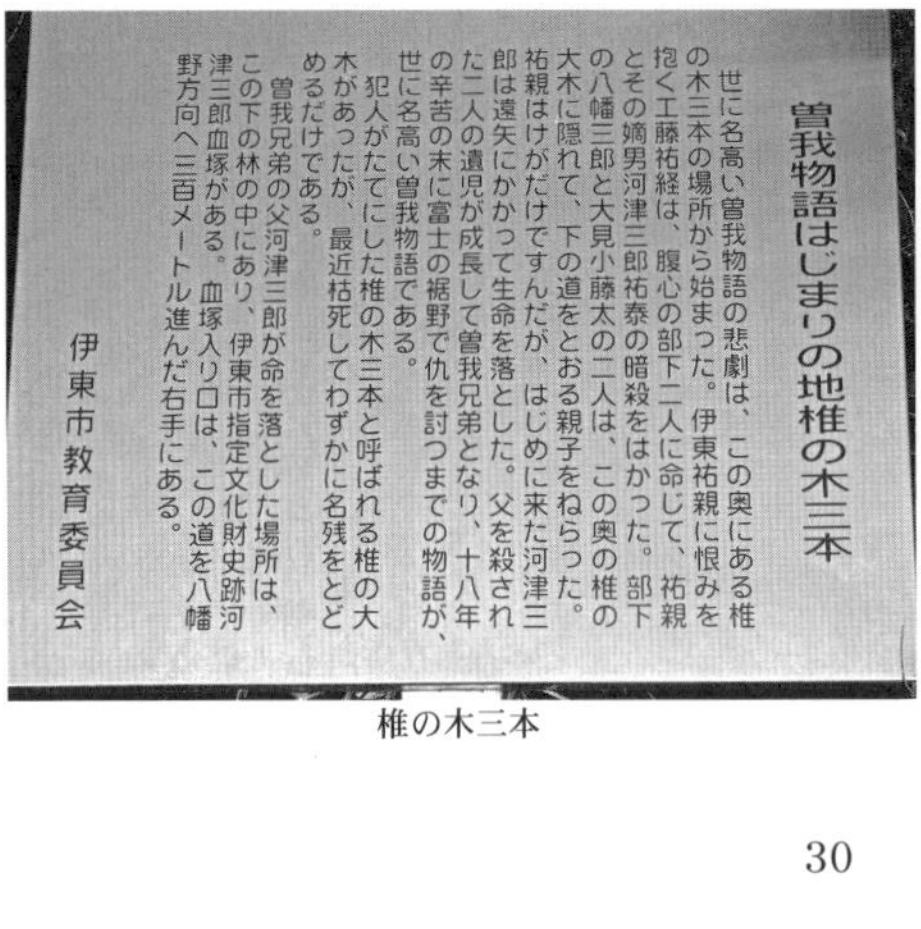
曽我物語はじまりの地椎の木三本
世に名高い曽我物語の悲劇は、この奥にある椎の木三本の場所から始まった。伊東祐親に恨みを抱く工藤祐経は、腹心の部下二人に命じて、祐親とその嫡男河津三郎祐泰の暗殺をはかった。部下の八幡三郎と大見小藤太の二人は、この奥の椎の大木に隠れて、下の道をとおる親子をねらった。祐親はけがだけですんだが、はじめに来た河津三郎は遠矢にかかって生命を落とした。父を殺された二人の遺児が成長して曽我兄弟となり、十八年の辛苦の末に富士の裾野で仇を討つまでの物語が、世に名高い曽我物語である。
犯人がたてにした椎の木三本と呼ばれる椎の大木があったが、最近枯死してわずかに名残をとどめるだけである。
曽我兄弟の父河津三郎が命を落とした場所は、この下の林の中にあり、伊東市指定文化財史跡河津三郎血塚がある。血塚入り口は、この道を八幡野方向へ三百メートル進んだ右手にある。
伊東市教育委員会

椎の木三本

第三章　『曽我物語』の遠因

1　伊東家の本家争い

敵役が工藤祐経であり、美談の持ち主が曽我兄弟であり、一見伊東家とは無関係に見えるこの物語の遠因は、伊豆・伊東家の初代にまで遡らねばなりません。

初代伊東祐隆は、以前狩野家継と名乗っていました。

その祖父・工藤維職（コレモト）は朝廷から伊豆押領使の任務を与えられていました。

押領使とは警察権力のトップであり、その権力を利用し伊豆半島の大部分を自らの支配地に収めてしまいました。

これもすべて平家からの命令で伊豆半島の港を抑えることが主目的であったと云われています。

その息子である狩野家継も狩野のほか、久須美、葛見、伊東、宇佐美、河津の荘園を我が物とし、自分の館を伊東へ移し、初代伊東祐隆を名乗ったのでした。

狩野家継と伊東祐隆は同一人物です。

そして伊東家の嫡男には「通字」として「祐」の一字を名乗るよう家訓を残しました。

「通字（トオリジ）」とは特定の家系で、代々名前に用いる漢字を云います。

狩野の領地は四男・茂光に任せ、狩野家の初代としました。

余談ではありますが日本画の狩野派はこの一族から出ています。


狩野家継、改名した伊東祐隆には嫡男祐家がおりました。

そして、祐隆は、娘連れの後妻を迎えました。**先妻の生死についてはわかりません。**

再婚した祐隆は、家督を祐家に譲り、自らは久須美入道・寂心と称し出家してしまいました。

二代目伊東祐家は朝廷から伊東家に命じられていた「御番役」として京に赴き、朝廷の警護に携わっていました。

伊東の館では祐家の嫡男・祐親が三代目を継ぐべく大名としての厳しい教育を受けていました。

そんな時でした。久須美入道に男の子が生まれたのでした。

なんと後妻にではなく、その連れ娘・水草に子どもを産ませてしまったのです。

「英雄色を好む」との言葉がありましたが、まさにそれを実践したのが初代祐隆、改名し久須美入道でした。

武勇の誉れ高かった二代目祐家でしたが、心身の疲れからか、京から戻り病の床に就き、若くしてこの世を去ってしまったのでした。


老いて出来た子どもほど可愛いと言いますが。ここでも入道の我儘が出たのでした。

二代目の嫡男、すなわち孫の祐親より、自分の子どもの方が可愛かったのでしょう。

三代目として祐親ではなく、若草に産ませた子ども・祐継を押し込んでしまったことが伊豆・伊東家の混乱の始まりでした。


祐継は二代目（異母兄）からではなく、初代（父）から伊東家当主として、広大な領地の権利書・御行書（ミギョウショ　朝廷発行）を渡されたのでした。


二代目の嫡男として伊東家の三代目を継ぐべく育てられた祐親は、祖父の命により、河津二郎・祐親を名乗らされ、河津の荘へ追いやられてしまったのでした。

二代目の後継として育てられ、自分こそが三代目と確信していた祐親には納得ができませんでした。

祐親は三代目・祐継を「異姓他人の子」と陰口をたたき、不満を募らせ、軽蔑さえしていたのでした。

しかし、出家したとはいえ寂心は絶大な権力を持ち、祐親は祖父に従わざるを得ませんでした。


「異姓他人」とは水草を指すものだと考えられます。水草は藤原一族では無いという意味でしょうか。藤原（後述）の血を引く（遺伝子を継ぐ）者同士の婚姻が重要だったのでしょうか。科学的には全くの無意味ですが・・・。

三代目の祐継も、伊東家の家柄として、朝廷の警護役も務めていました。

京より伊東へ帰宅後、懐かしい奥野の山へ狩りに出かけ、シカ、イノシシなど獲物を家臣に運ばせ、満足し館へ戻る途中、馬上で居眠りをしたことが命取りになってしまいました。

この時、祐継には六歳になる金石と名付けられた幼児がいたのでした。


この子こそ、曽我物語の敵役として知られる工藤祐経であり、伊豆・伊東の五代目として、後に源頼朝から、日向の地頭職を任じられた伊東祐経でした。

工藤祐経と伊東祐経は同一人物です。


死を前にした祐継は、河津祐親を枕元によびよせ、金石の後見を依頼したのでした。

後見を名目に、伊東の館に戻った祐親は、四代目伊東二郎・祐親を名乗り、河津の荘は嫡男の三郎・祐泰に譲ずりました。

祐親は、もともと自分こそが伊東家の本流であると確信し、嫡男にも伊東家の通字「祐」を付け、河津三郎・祐泰と名乗らせていたのでした。

伊東二郎・祐親と河津三郎・祐泰とは父とその嫡男であり、伊東、河津両荘の実権は祐親が握ったのでした。

彼は自分の跡を継ぐのは祐泰だと確信していました。

伊東の館が本丸で河津は出城の関係でした。

伊東の館に戻った祐親は、伯父にあたる祐継の法要を懇ろに執り行い、甥である金石に対しては「伊東家の主に相応しく」と、文武両道を厳しく躾けました。

特に、思惑があったのでしょうか、歌舞音曲には都から師匠まで招き、熱心に学ばせるなど「さすが後見だ」と周りの者を感心させたものでした。

この時、祐親の下心を見破ることはできませんでした。

金石も叔父の熱意に応え懸命に学び、これも周囲の人々を感心させたものでした。

金石が十三歳になると、祐親自ら烏帽子親となり、元服させ、工藤祐経と名乗らせました。

そして娘の万劫と娶せ、二人を伴い都へ連れ出し、平重盛の家臣にしたのでした。

伊東を名乗らせないために「都で平家に仕えるためには、伊東より工藤の方が都合がよい。格が上なのだ」

(＊Ｐ40参照)

「伊東は藤原一門であり、朝廷から木工介を命じられた祖先・為憲が木工の藤原と云う意味で工藤を名乗っていた。工藤の方が、都ではそれなりの待遇が受けられる」と、金石改め祐経を納得させたのでした。

これこそが祐親の思惑でもあり、「曽我物語」の第二章の始まりでした。

京へ上った祐経夫妻はどのような新婚生活だったのでしょうか。

祐経は数え年で十三歳、現在の小学六年生です。大人としての新婚生活は営めなかったものと思います。

祐経には仕事があっても妻の万劫には退屈な日々だったと思われます。

祐親は完全に伊東家本流の主に収まったのでした。(但し三代目ではなく四代目として)数年にも及ぶお膳立てで祐経を本流から追い出したのでした。

いや本流が二本に分かれたのかもしれません。


現在、伊豆・伊東市には伊東家の菩提寺が二つ存在します。最誓寺と東林寺の二寺です。


文武に優れ、都で出世に出世を重ね、二十一歳で武者所のトップへと躍り出たのでした。歌舞音曲の世界でも、類まれなミュージシャンとして、芸名・工藤一臈《イチロウ》を名乗り、貴族の間でも好評を受けるまでになりました。

そんな時でした、新婚の祐経宅へ、祐経の留守を見計らい祐親が現れ、無理やり万劫を伊豆・伊東へ連れ帰り、相模国(神奈川県)の土肥弥太郎に嫁がせてしまいました。

祐経は、領地ばかりか妻まで奪い取られたのでした。

幼少時、厳しく文武さらに音曲まで学ばせてくれた叔父の真意に気づきました。「自分を京へ追い出し、伊東家本流を乗っ取るための策謀だった」と。

祐経は何度も「自分が正当な伊豆・伊東の領主である」ことを朝廷に確認するよう訴えましたが、その都度祐親の賄賂攻勢で敗訴してしまったのでした。

この時の訴状の署名に興味を持ちました。

「伊豆の国住人　伊東　工藤一臈　平祐経」と伊東、工藤の他、平まで名乗っています。氏（苗字）とは何だったのでしょうか。自分が平重盛の家臣だったことから、平家の威勢を借りた、こけおどしだったのでしょうか。

納まらない祐経は京を離れ伊豆へ戻ったものの伊東へは立ち寄れず、大見荘《オオミノショウ》へ身を隠し、家臣の大見小藤太と八幡三郎に、祐親父子の暗殺を命じたのでした。

「自分は、あの親子に顔をよく知られている。お前たちが猟師のふりをして、狩場で射止めてほしい」と。

二人は時を置かず快諾しました。

二人とも祐経の無念を熟知していましたから。

ただし、祐親父子を射殺したら、自分たちの命も終わるであろうことは覚悟の上でした。

彼らは「主君のために命を投げ出すことが忠義であり武士道」「今が武士道を世に示す絶好の機会」との高揚感すら感じていたのでした。

挿入の章　二

A姓、氏、苗字

「シェイ（姓）は丹下、名はシャジェン（左膳）」昭和の名優・大河内傅次郎が演じる丹下《タンゲ》左膳《サゼン》が一世を風靡しました。

この訛りのある台詞を子どもたちは真似したものでした。

確かに彼は「姓名」を名乗っています。

「彼方のご姓名は？」とか、「君の氏名は？」と質問されることがあります。

この場合「姓」と「氏」は、ともに苗字を指しています。

現在では全くの同義語ですが、もともとは別の意味を持っていました。

B姓（カバネ）と氏（ウジ）

姓はカバネと読み、朝廷から与えられ特殊な地位であり、職種でもありました。

氏・ウジはそれぞれ自分の身分ある家柄・血縁を誇示したり、領地の所有権を主張するのが目的であったり、その時々で複数の氏を名乗り分けました。

「藤原の伊東」等、自分が名誉ある家柄であることと所有する領地の両方を強調することもありました。

後述しますが、曽我兄弟も遺書には、兄が藤原祐成と、弟は藤原時致と書き残しています。二人とも藤原の子孫であることを後の世に残したかったのでしょう。

C平民苗字必称義務令　明治八（一八七五）年

このように、氏（ウジ）を名乗っていたのは、それなりの権力を持つ者に限られていましたが、明治八（一八七五）年、明治政府より、国民すべてに氏《シ》を名乗るように命令が出ました。

この法律では氏を「シ」と発音します。

しかし現在では、姓（セイ）、氏（シ）、苗字（名字とも書く）が混在しても特に問題はないようです。

2　藤原から伊東へ　苗字の変遷

静岡県伊東市による史跡の銘板に「藤原鎌足十六代後胤、狩野家継は伊東の荘に移り伊東祐隆と改め河津の荘を領した」と伊東家の始まりを記しています。

公の銘板に対しはなはだ申し訳ないことと思いますが「藤原鎌足」と云う人物は存在しなかったと考えます。

鎌足の生存中は「中臣鎌足」だったはずです。

「中臣」は朝廷から授けられた神技を司る姓・カバネでした。

しかし、鎌足の長男が「神」を裏切り、僧になってしまいました。これでは中臣を継続することは出来ません。断絶です。

鎌足の「大化の改新」への功績を重く見た天智天皇が、天智天皇八（六六九）年鎌足臨終にあたり、次男・

不比等に「一代に限る」との条件付きで「藤原」の姓《カバネ》を与えられたと云います。「一代に限る」と条件を付けてはいますが、直系代々に死後の送り名として「藤原朝臣」を許すとされています。

不比等の子孫は次々とこの名誉ある「藤原」を姓ではなく氏《ウジ》として継承しました。

そして鎌足から十一代目・不比等から十代目の藤原為憲《タメノリ》が、平将門の乱を鎮めた功績により「木工の介」を朝廷から任じられました。

「木工の介」とは皇居など御殿建設、改築などを司る宮内省の次官です。

為憲はその名誉を誇りに「木工の藤原」と云う意味で「工藤」を名乗りました。

これが工藤家の始まりです。

そして一代おいて工藤爲憲の孫・維景《コレカゲ》が「駿河の守」（静岡県知事に相当）を任じられ、都から駿河へ移り住み、狩野に館を建てました。

維景も祖先の栄誉「藤原」「工藤」と共に、自らの領土だとの主張から「狩野《カノ》」をも名乗りました。

その息子・狩野維職《コレモト》は伊豆の押領使を任じられました。押領使とは警察権力のトップです。

この権力を利用し、伊豆半島のほぼ全域を自領にしてしまったのでした。

自領にした地域（荘園）は狩野の他宇佐美、伊東、河津、鮫島等がありました。

当時としては当たり前だったのかも知れませんが、「押領使」ではなく「横領使」だと思います。

3　伊東（苗字）発祥の地

狩野維職の孫、即ち銘板の「十六代後胤」狩野家継《カノイエツグ》が、本拠地・館を伊東に移し「伊東祐隆《スケタカ》」を名乗ったのでした。

狩野家継と伊東祐隆は同一人物であり、伊豆・伊東家の初代とされています。

そして伊東祐隆は自分の直系嫡男に「祐」の字を「通字」とすることを言い残しています。


伊東市、市役所わきの銘板にも、伊東（苗字）発祥の地と書かれています。（P16の写真参照）

この伊東祐隆は先祖の名誉ある氏《ウジ》として「藤原」「工藤」「伊東」さらに伊豆の藤原との思いから「伊藤」をも名乗り、後世の研究者に混乱をもたらせています。

江戸時代ヨーロッパを訪れた少年遣欧使節主席・マンショが訪れた各地で、書き残した署名に「伊東マンショ」と「伊藤マンショ」の二通りがあり、研究者の間で「どちらが本物か」と真贋論争まで引き起こしてしまいました。

筆者宅の先祖も、自分の日誌に「伊東」と「伊藤」とを混在しています。

第四章　『曽我物語』の序章

1　「曽我兄弟」の誕生

話を元（P30）に戻します。

夕闇迫る赤沢山の麓では、自らも左手に傷を負ったものの、祐親は息子の死を確認するや、一夜をこの場で過ごすことを決意し、てきぱきと家臣に指示を下しました。

祐泰の遺体を運ぶため、板の台に、竹を編んだ縁飾りを付けた、「編駄《アンダ》」を作らせるとともに、伊東と、河津の館へ使いを走らせました。

「この時、ホトトギスが、東の空から西へ向かって、悲しげに鳴きながら飛び去った」と語りつがれていますがホトトギスは夏鳥であり、紅葉の時期には、南の国へ渡った後です。

そして、鳴くのは繁殖の初夏であり、夏過ぎに声を聞くこともありません。

息子を失った悲しみと、左手に負った矢傷の痛みに耐えながら、祐親は酒を含みましたが、悲しみと怒りは収まりません。

しかし、取り敢えず息子の弔いを行わねばなりません。

伊東の館へ運ぶのがよいか、それとも河津で弔うのか頭を巡らせました。

結局、本丸である伊東の館へ運ぼうと、決意し編駄の完成を急がせ、翌早朝、松明《タイマツ》の明かりで列を進ませました。もちろんその旨を、河津の館へも早馬を走らせ、知らせました。

列を組む家臣たちもほとんど無言を通し、夜の明ける前、悲しみの行列が続いたのでした。

一行が通過する近くの家々から、おびえたように犬が吠えかかります。

2　幼い兄弟に敵討ちを命じる母親

伊東の館へ到着すると祐泰の母（祐親の妻）は息子の遺骸を抱きかかえ、そこへ夜を通して駕籠で駆け付けた祐泰の妻と、二人の女性が大声で泣き喚いたのでした。

五歳になる祐泰の長男・一萬丸は事態が理解できず「父上はどうされたのですか」と尋ねましたが、次男・箱王丸はまだ三歳でした。**もちろん満年齢ではなく数え年です。**

母親は、そんな息子たちに事の成り行きを話すには、衝撃が大きすぎ時間を要しました。

「父上は仏になられたのです。憎い祐経に命を奪われたのです。お前たちは大きくなったら敵を討たねばなりません」

「父上の墓前に祐経の首を供えねば、父は成仏できないのです」

「仏になった」「成仏できない」の矛盾に本人はもちろん、周りの誰も気づく者は居ませんでした。

箱王丸は理解するのに幼過ぎましたが、一萬丸は父の遺骸に取りすがり涙ながらに敵討ちを誓ったのでした。

物語では、この時、母親は幼い子供に中国の故事を話し、必ず敵を討つようにと諭したと云われますが、このような話が幼子に理解できたのでしょうか。

すなわち「周が殷に滅ぼされた際、周の幽好王が殷の仲好町に殺されました。幽好王の妻は体内の七か月になる胎児に敵討ちを命じました。胎児は一か月後には生まれ、七歳になると見事敵を討ち、仲好町の首を父の墓前に供えると、建てて五年になる墓の五輪が三度揺れて喜びました。この事実を知った世間の人々は、その子を国王に押し上げました。お前たちも二十歳になる前に、敵の工藤祐経の首を父の墓前に供えるのです」と祐泰の妻は子どもたちに言い聞かせたのでした。

この話を聞いた一萬丸は「せめて十五歳になったら必ず敵を討ちます」と誓いました。

葬儀を終えた後もしばらくの間、祐泰の妻子は、河津の館へは戻らず伊東の館にとどまり、義父・祐親とともに僧を呼び、読経や法話等供養をさせ、涙と念仏の毎日です。食事ものどを通りません。

一萬丸も「父上の敵を討つのだ」と言って、祐泰愛用の弓を持ち出し、振り回します。

祐泰自慢の強弓です。五歳の子どもに操れる代物ではありません。振り回し障子を破ることもたびたびでした。

「これは父上がお使いになったものだ。自分も十七・八歳になりこの弓が使えるようになったら、必ず工藤祐経を討たずにはいないが、今の自分はまだ幼いのが悲しい」と言いました。

先の「せめて十五歳になったら」と「十七・八歳」とに整合性が欠如しています。

3　後追い心中を口走る母親

祐親は出家

このような場面を見聞きした母親は
「死んだ人の物を、幼いそなたが持ってはいけません。そなたの父上は仏になって極楽浄土と云うとても素晴らしいところで平穏にお暮しです。いつかこの母も極楽浄土でご一緒に暮らそうと思っているのです」
これを聞いた一萬丸は「それなら今すぐ行きましょう。身支度して、乳母もそして箱王丸と箱王丸の乳母も一緒に、早く行きましょう」と駄々をこね母親を悩ませたのでした。
これを見た祐親は一萬丸を抱き寄せ、卒塔婆を指さし
「あれがお前の父上だよ」と言ったのでした。
一萬丸は、沢山の卒塔婆を一つ一つ確かめ、それが父親ではありえないことを確かめ「あそこには父上は居ません」と涙声で祐親をなじりました。

祐親はこれより半月ほど前、三十五日法要に際し、わが子を亡くした悲しみのあまり頭を丸め、墨染めの衣をまとい出家し、伊東入道と名乗っていました。

出家当日、わが子をしのんで次の歌を残しています。

夢ならでまたも逢うべき身ならねば寝られぬ寐（ネ）をも嘆かざらまし

その後、四十九日の法要に際し、御堂を立て亡き祐泰が、来世で極楽浄土に生まれ変わるようにと祈ったのでした。

すでに極楽浄土に居るはずの祐泰が、極楽浄土へ生まれ変われるようにと御堂を建てたと云うのです。

四十九日の翌日のことでした。

亡き祐泰の子を身ごもっていた妻は、出産したのでした。

彼女は夫が居ない今、生きている気力も失せ。一萬丸も「早く父上の居る極楽浄土へ行きたい」とせがみ、自分もそれ以外に術はないとひたすら念仏を唱えていた時でした。

そんな時の、新しい命の誕生です。生まれたばかりのわが子を道連れにしなければなりません。

物心の付いた一萬丸、箱王丸の二人はともかく、生まれたばかりのわが子を手にかけることはできませんでした。

錯乱状態の彼女は、腰元に「野原へ置き去り」にするよう命じたのでした。


祐親は御番衆として、京へ出府する時が迫っていました。

そんな時でした。故祐泰妻子のただならぬ事態です。

また難題が降りかかりました。

わが子・祐泰を失った悲しみと、殺した者への憤りに打ち震え、三男の祐清に、自分に矢を射かけ、祐泰を射殺した大見小藤太と、八幡三郎の「首を祐泰の墓に供えよ」と命じ、祐清も軍勢を整えているときだったのです。

とりあえず生まれたばかりの赤子に「御坊」と名付け養育を祐清の妻に命じました。

この時まだ子の無かった祐清も妻もともに快諾したのでした。


次の難題は命を絶とうとしている三人の善後策です。

そんな時、ふと妙案が浮かびました。

相模の国（神奈川県小田原市）に住む曽我祐信を思い出したのでした。姉の息子、すなわち自分の甥です。

彼も妻と死別し、葬儀に参列したことを思い出したのでした。

祐泰とは従弟の関係です。状況の似た男女です。しかも一族です。

早速、この縁を結ぶべく行動を開始しました。両者を手紙で説得し、伊東の館へ呼び寄せたのでした。

この時、祐親の頭の中はめまぐるしく回転していたのでした。

最大の難事は伊東家の後継でした。五代目として期待していた祐泰が殺され、その嫡男を曽我家へ養子縁組させるのです。

祐泰の弟・祐清にはまだ子どもが恵まれていません。嫡男祐泰の法要・四十九日の翌日生まれた御坊を六代目とするのか。血縁としては問題ないはずです。

祐親の説得が功を奏し、河津の妻は二人の子どもを連れて曽我へ嫁ぐことになりました。

「曽我兄弟」の誕生でした。＊P66へ続きます。

一仕事を終えた祐親は、息子の死からの悲しみを胸に抱いたまま、朝廷からの命である御番衆として京へ赴いたのでした。

この時すでに愛娘・八重姫が、平家の敵方である源佐殿・頼朝の子を出産していることを知らないままに・・・。

いらだち、そして多忙な祐親、そんな時、敵方の子を出産した八重姫。ことが表ざたにならないよう、周りの者たちの配慮により、内密にされていたのでした。

4　実行犯への報復

『曽我物語』と云えば、河津祐泰の遺児・曽我十郎と五郎の兄弟が、父親の敵・工藤祐経を討つまでの苦労を伝える「美談」ですが、その前に祐親の命で、祐泰の弟・祐清によって暗殺者に対する報復は終わっていたはずです。

一人の暗殺に対する報復で、多くの多くの人命が奪われる惨劇でした。

祐親は上京を前に、弟・祐清に対し、八幡三郎と大見小藤太への敵討ちを命じていました。

敵・祐経も一族であり、伊東の本流争いでした。当然八幡三郎も大見小藤太も一族の家臣です。逃げ、隠れている場所は簡単に知ることができました。伊東家の本家筋にあたる狩野の荘内に潜んでいました。

祐清は三百騎の家臣を率いて二人の隠れ家に襲撃を掛けました。

二人もこの時のあることは初めから覚悟の上です。それが「武士たる者の本分。華々しく戦おう」と、家臣達にも弓矢の準備をさせ待ち構えていました。

敵討ちではありません。まるで戦そのものです。

二人の隠れる屋形へ祐清軍が攻め寄せたとき、物陰から一斉に矢の嵐を浴びせ、屋形前の堀が死体で埋め尽くされたほどでした。

双方に多くの死者を出しましたが、劣勢を意識した八幡三郎は屋形に火を放ち、腹を掻き切ってこと切れました。

祐清が屋形へ踏み込んだ時には、黒焦げの多くの死体が転がり、刀で腹を切った八幡三郎は見つけることができましたが、大見小藤太は探し出すことができませんでした。

彼はこの戦で命を失ったのか、何処かへ逃げ延びたのか分からないまま、終わりを告げることになりました。

祐清は八幡三郎の首は取ったものの、敵味方多くの死傷者を出した一族内の惨劇でした。

惨劇はまだまだ続きました。

第五章　源平戦の渦の中

1　祐親　自らの孫・頼朝の嫡子を葬る

安元元（一一五九）年、真夏の明け方前のことでした。

空には満天の星。この日最後の輝きを競っています。

東の空、地平線の近くには、明けの明星・金星が鋭い光を放っています。

この目立つ星に向かって疾走する馬の背にまたがる武士・伊東祐親の目に、この光が入っていたのでしょうか。

細めに開け放たれた障子の隙間から、そよ風が吹き込み、蚊帳《カヤ》の裾を揺らしています。

夜が白々と明け始め、「カナカナカナ」と庭の木々からヒグラシが一斉に、静寂を破ります。

伊東祐親像

遠くからホトトギスの声も聞こえてきます。

そんな鳴き声を耳にしたような、しなかったような。「今日も暑くなりそうだ」と夢現（ユメウツツ）に、再び眠りに陥りかけたとき、「パカパカパカッツ」と、数頭の馬の足音が響き、門番の「殿のお帰りですぞ！」との大声に、皆一斉に飛び起き、衣服を改めるのもそこそこに、家人、家臣一同、門前に跪《ヒザマズ》き「お帰りなさいませ」「お疲れ様でした」と口々に挨拶をします。

馬から飛び降りた祐親は下男に引き綱を渡し、一同を見渡します。

跪く家族、家臣の中に、頭を下げるでもなく不思議そうに見つめる幼児《オサナゴ》に目が止まります。

「そのわっぱは何者じゃ」

「千鶴さまにござりまする」とその子を抱いた腰元が、「八重姫様のお子様にござりまする」別の腰元が答えます。

「殿のお孫様にござりまする」と留守を守っていた家臣たちが口々に答えます。

「なに、八重の子じゃと、して、父親は誰じゃ」

「頼朝様にござりまする」

「なんじゃと・・・」それきり言葉が出ません。

驚きとともに怒りにうち震え、真っ赤な顔でその子どもを見つめていましたが、顔面蒼白になり無言で自室へと駆け込みました。

三年にも及ぶ、宮廷警護の役目（大番役）を無事務め終え、懐かしの我が家へ立ち戻るとこの有様です。

懐かしさのあまり、昨夜は駿河で一泊するよう、供の者が勧めたにもかかわらす、疲れた身体に鞭うち、馬にも鞭を入れ、夜を徹して帰宅すればこの有様です。

頼朝は敵であり、自分が監視する罪人です。その罪人と自分の娘が子どもまでつくっていようとは・・。

このことが公になれば責任を問われかねません。自分の首が飛ぶかも知れないと恐れおののきました。

三年ぶりに帰還した祐親の労をねぎらい、酒と膳が準備されましたが、膳には手をつけず、大盃に注いだ酒を一気に飲み干し、家族も家臣たちも遠ざけました。

部屋の中を歩き回り、震える手で酒を注ぎ飲み干し、足音を立て歩き回り、刀を鞘から抜き、振り回したり全く落ち着きません。自身の安泰を考えました。

頭の中は空白でした。それでも怒りと恐れが渦巻いていました。

時間の経過とともに、空白の頭にも答えが浮かんできました。

「無かったことにすればよい」これが答えでした。

「誰かある！」大声で叫びました。

留守を守っていた重臣三名が、隣室で固唾を呑んで祐親の様子を伺っており、主の大声におずおずと、襖を明け、膝行します。

刀の抜き身で重臣たちを指し、「その方ら何をしておったのじゃ」

「親が知らない婿があるのか。源氏の流人より非人乞食に嫁入りさせたほうがましじゃ」

あまりの激昂に、重臣たちは戸惑い、言葉もなくただ頭を下げているだけでした。

重臣たちには、これほどまでに祐親が怒り狂うとは予想外のできごとだったのです。

祐親が、平清盛から深い信任を得て、頼朝の監視役を任されていること。

その頼朝は、平治の乱で破れ「伊豆へ流されの身」であることは分かっていました。

しかしその頼朝はかつて二条天皇の側近として遇されており、平治元（一一六十）年・平治の乱で敗れた後も、敵方・平清盛の継母の嘆願で、斬首の刑を免れ伊豆へ流されていること。

流刑（島流し）と云っても、流刑地は「蛭ガ小島であり」ここは離れ小島ではなく、川の中州に建前上、頼朝を押し込める粗末な小屋が見られますが、川辺の木陰には、頼朝用の御殿が建てられており、家臣達の屋敷も建ち並んでいます。

藤原一族の流れを汲む頼朝の乳母・比企尼《ヒキノアマ》が食料の援助を続けていること。

比企尼の娘婿である屈強な三武者が頼朝にしたがっていること。

比企尼によって常時、都の様子が頼朝に届けられていること。

周りの豪族たちとの交流もあり、狩りや相撲大会まで催されていること。

このような状況でしたので、事情を知らない者には、頼朝が罪人であることを知る由もありませんでした。

「流され人」と知っていても、天皇の側近であった人物です。身分が違いすぎます。粗略に扱うことはできません。

この時の相撲大会では祐親の嫡男・河津祐泰により、見事な「カワズ掛け」の技まで披露されています。

敵味方の関係はほとんど見ることは出来ませんでした。

高貴な若武者そのものの姿で、気ままに振舞っている様子に、祐親の娘が恋心を抱いても不思議ではありません。

密かな二人の逢瀬に気づいても、止める者はありませんでした。むしろ手引きする腰元まで居るのが現状でした。

さらに、当時の豪族たちは、自身の領地を守るため、力のあるものに味方するのが常でした。

当時は朝廷中心の社会でした。その朝廷も天皇が中心で、この天皇が実質的に力を持つ場合と、側近により操られる場合もあり、だれが天皇になるか、その後見が誰なのかも重大関心事でした。

この後の、南朝（後醍醐天皇）、北朝（光明天皇）の分裂がその最たるものでした。

側近によっても大きく変わります。それが今回の源氏と平家の争いです。

朝廷内外でも、有力者同士が縁戚を結び自家の味方を増やそうとしたため、敵味方と縁戚関係が網の目のように絡み合い複雑な様相を呈していました。

両者の勢力は拮抗し激しい争いが繰り返されていました。

そんな時、平家側として頼朝の監視役を任命されていた一人が伊東祐親でした。

当主の留守中、頼朝の処遇に腐心していたのは、家臣たちでした。

平家の棟梁・平清盛に対し、後白河法皇をはじめ、朝廷関係者から不満の声も聞こえてきます。

場合によっては頼朝が天下を取ることになるのかもしれないのですから。

「蛭が小島」への幽閉が建前でしたが、伊東の荘園内に頼朝が寝起きすることも大目に見られていたのでした。

あくまで平家方の重臣であると自負する祐親の怒りは収まりません。

自分の娘が源頼朝の子を産んだことは平家に対する裏切りです。平家の怒りに恐れおののいたのでした。

祐親は、頼朝の息子・千鶴が存在しなかったことにしようと決意したのでした。庭先に二人の家人を呼び寄せ、千鶴を柴漬（柴に包む）にし、松川の轟淵《トドロキガフチ》に沈めるよう命じました。

同時に、頼朝の殺害も決意し、重臣に夜襲の準備を命じました。

泣き喚く八重姫には自害できないよう、猿轡かけ、縛り上げ自室へ閉じ込めるよう命じました。

気の進まない、二人の家人は泣き叫ぶ三歳の千鶴の口を布で塞ぎ、柴漬にし、馬の背に乗せ、松川の上流へ向かいました。

松川に沿った山道にさしかかると、番《ツガイ》でしょうか仲睦まじく二羽のセグロセキレイが馬の前をチョコチョコと歩き、馬に踏まれそうになると、数メートル先までパット飛び退きます。まるで道案内です

そんな光景を数回繰り返しました。

馬を引く二人の気持ちとは裏腹にのんびりとした光景でした。

やがて空は曇り、遠雷が轟き始めました。山道には鬱蒼と木々が茂り、不気味なカラスやカケスの声が響きます。

一斉にヒグラシが鳴き始めました。朝の清々しい声ではありません。耳障りで不安を誘います。

滝の音も近づいてきました。稲光も雷鳴も激しくなってきました。

二人には躊躇することは許されません。

柴漬にした千鶴を滝壺へ投げ込みました。

滝壺からは「ギャッ　ギャッ」と、驚いたカモが二羽、飛び立ち姿を消し去りました。

辛い役目を果たした二人は、心の中で「南無阿弥陀仏」の念仏だけは忘れませんでした。

一方、頼朝は、祐親の夜襲を、こともあろうに祐親の三男・祐清から知らされました。

祐清は祐親の息子であり、頼朝の敵です。そして同世代を過ごす若者への友情、複雑な心情が交錯していました。

危険を知った頼朝は「大鹿毛」と名付けられた馬で熱海の伊豆山神社まで逃げ、結局北条四郎・時政の館へ匿われ、難を逃れることが出来たのでした。

治承元（一一七七）年のことでした。


この馬の背での逃避行中、「南無八幡大菩薩」と念じながら、その八幡大菩薩に対し恨みごとも呟いていました。

「先祖・源頼義が男山石清水（京都府八幡市）の八幡宮に参篭した時、神のお告げを受け、わが息子・義家を大菩薩の御子として八幡太郎と名乗らせました。その時、大菩薩は『義家の子孫には災難は受けさせない』『源氏の子孫は八代に渡って守護しよう』とお誓いがあったのに、まだ四代残っています。しかし源氏の子孫はほとんど滅ぼされ今や頼朝一人となってしまいました」

「どうか大菩薩様の御誓約を頼朝に成就させてください」

「そして、愛しいわが子の仇敵・伊東二郎・祐親の首を切りわが子の冥途の苦しみの身代わりとして供えさせてください」と念じ続けたのでした。

頼朝の心中を誰が記録に残したのでしょうか。

大菩薩に約束違反だと抗議していますが、仏は抗議されれば状況を変えるものなのでしょうか。

いや、間違いました「大菩薩様」は「仏」ではありません。「仏」になるため修行中の者を「菩薩」と云います。

そして、敵の首を切らせてくれと頼んでいます。菩薩は殺人の味方をするものなのでしょうか。

この当時は、神仏融合で仏と神の区別はありませんでした。

この大菩薩とは八幡大菩薩を指すものだと思われます。八幡大菩薩とは天応元（七八一）年、神仏習合思想により八幡神に奉進した神号です。

仏になる一歩手前で、神になっているのでしょうか。

筆者には理解できません。


怒り心頭の伊東二郎・祐親は、頼朝が寝泊まりしていた屋形に火を放ち、焼き尽くす以外手が出せませんでした。

北条四郎・時政は、頼朝を匿った直後、宮中の警護・大番役として京へ上りました。

時政が留守の館では、祐親の娘と別れさせられたばかりの頼朝が、時政の娘・政子と恋に陥ったのでした。

自分の息子が殺され、恋人と別れさせられたばかりの頼朝は、すぐに別の女性と恋に陥ったと云います。

これが鎌倉時代、日本を治めた頼朝の素顔でした。

匿った北条四郎・時政は、祐親とともに平清盛から、頼朝の監視を命じられていた豪族です。とても複雑な人間模様を見せています。

北条四郎・時政は、頼朝を匿っただけではなく、後に近隣の豪族たちを集め、頼朝の挙兵を主導し、頼朝が鎌倉幕府を開いた際、地方の一豪族から執権にまで上り詰めています。

頼朝は、命の恩人・伊東祐清を自らの重臣に取り立てようとしましたが、祐清はあくまでも「平家側の武将だ」と、頼朝の申し出を固辞し、北陸道・篠原（現・石川県加賀市）の合戦で討ち死にしています。

祐清の奇妙な行動は、近くに暮らした親近感であったのか、頼朝の乳母であった比企尼の娘を妻にしていたからかも知れません。頼朝の命を救い、自らは平家方の武将として命を落とした祐清の心情は少々理解に苦しみます。

友は友として、自らはあくまでも平家方の武将として、筋を通した祐清の生き様を「武士の鏡」と称賛する声もありました。

皮肉にも祐清の知らせで、北条家へ逃げ込んだことがきっかけで、平家に代わり頼朝が鎌倉幕府を開くことになったのでした。

頼朝を慕う八重姫はその後、密かに北条家を訪ねましたが追い返され、面会はかないませんでした。

そして、北条時政の次男・江間小四郎に嫁がされました。

このあたり、敵、味方の関係が錯綜し、八重姫の心情を理解するのにも苦しみます。

江間小四郎は後、北条義時を名乗り、鎌倉幕府の二代目執権を務めることになります。

千鶴は八重姫の子であり、北条義時にとっては主君の子どもです。

この夫妻によって菩提寺として真言宗の西成寺が建立され、その後、曹洞宗に改宗し最誓寺と寺名も変え、今日に至っております。

この場所は八重姫と頼朝が密会した跡地だとも伝えられています。

千鶴が投げ殺された滝壺は、後に「稚児ガ淵」と名付けられ菩提が弔われたと云うことです。


現在では、（上流へ向かい）左手に松川を見下ろす山道はやっと一台自動車が通れるよう舗装はされていますが、木々が生い茂り、所々から清流が見下ろせるものの、「稚児ガ淵」の現場は特定されていません。

多分この辺りだろうと、最誓寺から約七キロ離れた、松川沿いの山道脇に、生い茂る樹木に隠れるように伊東市教育委員会による案内版と、詩が刻まれた石碑があります。

朝露に咲きすさびたる
鴨頭草（ツユクサ）の日くるるなへに
消ぬへく思ほゆ
読人知らず

この石碑の位置について、伊東市の観光協会で教えられ、確認した後、近くで聞き込みましたが、藪の中の石碑を知

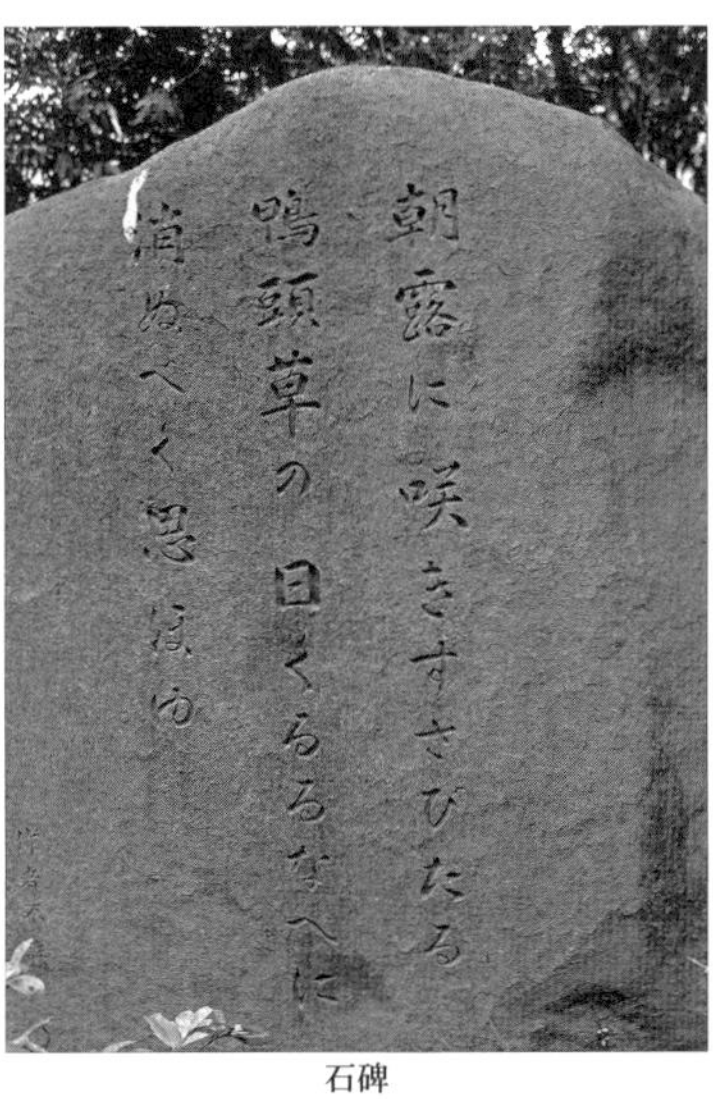

石碑

る人も無く、忘れ去られた存在のようです。

尚、祐親の娘・八重姫が、父親の目を盗んで頼朝と密会したとされる地に、樹齢千年と云われるタブの木二本が、根元で一つに合体し、まるで頼朝が八重姫を抱き抱えるような格好で、人目を引いています。

この二本（一本？）の巨木に注連縄が巻かれ、「音無し神社」の「ご神木」とされて祭られています。

恋愛成就のスポットとしても名高いようですが、頼朝は祐親によって八重姫と引き離された直後、北条政子と恋に陥っています。

このご神木に、愛し合う頼朝と八重姫の魂が宿り続けているのでしょうか・・・。

しかし頼朝は、別の女性をファーストレディにしています。

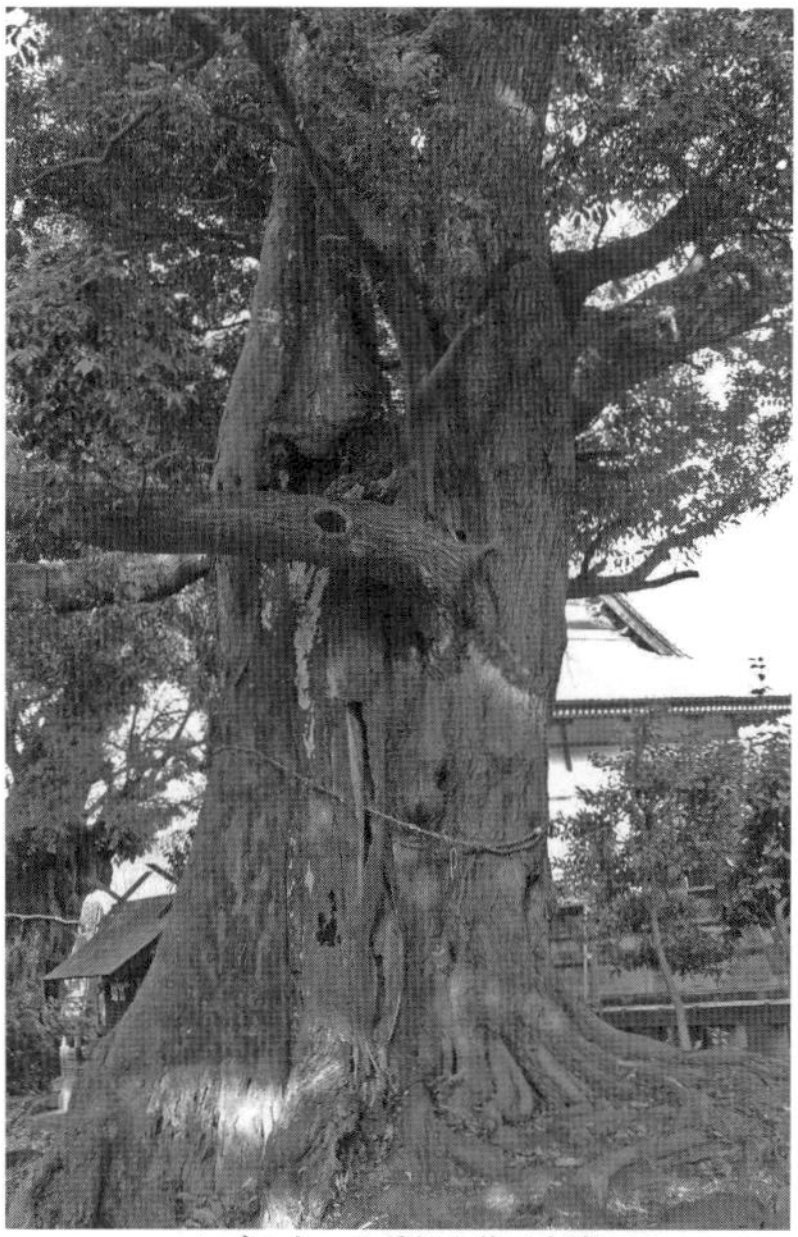

タブの木　八重姫を抱く頼朝

第六章　奢る平家は久しからず

1　以仁王《モチヒトオウ》による平家追討の「令旨」

二条天皇の時代でしたが、後見役の平清盛が絶対的権力を行使し、京の都は乱れに乱れていました。公私混同ではなく、すべてが私物化されたと言っても過言ではありませんでした。賄賂政治が横行し、貧しい人々の餓死も続きました。

見かねた前天皇の後白河法皇が口を出すと、平清盛は法皇を幽閉するなど、心ある者の眉を潜ませる状態が続いたのでした。

このような状況を二条天皇にも手出しができませんでした。

たまりかねた二条天皇の弟・以仁王《モチヒトオウ》が国内に散らばる源氏ゆかりの者たちに「平氏追討」の令旨を出し、挙兵を促したのでした。

治承四（一一八〇）年のことでした。

2　頼朝の挙兵

伊東祐親、祐清親子の最期

この年の八月、北条家に匿われていた頼朝にもこの令旨が届けられ、北条時政の助力もあり平家追討の兵を挙げたのでした。

周りには、これまでの平家方豪族がひしめく中で・・・。

戦況は思わしくありませんでした。石橋山の戦いでは大打撃を受け、小舟で安房（千葉県南房総市）まで逃れ兵を立て直しました。

この辺りには平家方に不満を持つ豪族も多く、頼朝軍は勢力を盛り返し鎌倉に拠点を築くことができました。鎌倉は祖先の一人が館を持っていた土地でもありました。

平家方の大軍も迫ってきました。

迎え撃つ頼朝軍は、富士川へと兵を進め、途中で伊東祐親、祐清の親子も捕虜にしたのでした。

富士川西岸には十万余騎の平家軍が時の声を上げ待ち構えています。

対する頼朝軍はたった五分の一、二万の軍勢です。数の上では誰の目にも勝負は見えていました。

しかし、相手は普段貴族を気取った都人です。勇猛で知られた「東国軍団」とでは覇気が違いました。この意識のずれから頼朝軍は大勝利を収めたのでした。

囚われの祐親は、頼朝から呼び出しを受けると「首をはねられる前に」と自ら腹を切ったのでした。伊豆半島南端、小伊那の港でした。養和二（一一八二）年、早春の頃でした。

息子の祐清はかつて頼朝の命を救ったこともあり、このまま頼朝に随身するよう勧められましたが、平家から源氏への鞍替えを潔《イサギヨシ》とせず、固辞しました。頼朝も命の恩人を処罰に躊躇し釈放せざるを得ませんでした。

祐清はそのまま、平家軍と合流し北陸道の戦いで討ち死にしたことは前にも述べました。繰り返しになりますが「主君は主君」「友は友」と区別し主君のために命をささげた祐清の姿勢は「武士の鏡」と称賛を浴びました。

東国とは東海地方、関東地方を指し、都（京）より東にある国と云う意味です。奈良時代に、大陸からの侵略を恐れた朝廷は、九州防衛のため大宰府を設け、警備にあたる戦力を東国に義務付け、「防人」と呼ばれていました。食糧、武器も自前と云う過酷な義務を負わされていました。朝廷側としては、勇猛な東国豪族たちの力を削ぐ意図もうかがわせますが、東国豪族たちは強力な武士集団として「東国軍団」の名を誇りに思っていたのでした。

先にも述べましたが、平家、源氏のどちらに味方するのか、どちらを主とするのかが、東国の豪族達にとって深刻な課題でした。軍団内部でも心の探り合いが続いていました。

3　残酷無比　敗者の首を刎ねる頼朝

戦（イクサ）は人と人との殺し合いです。相手方の命をより多く奪った方が勝者です。残忍な人間特有の行為です。

筆者は野生動物の観察に、東南アジア、南米、アフリカ大陸などへ、四十数回訪れましたが、同種間での

殺しを目的とした争いは見られませんでした。

戦争は人間にしか見られない悲しい性《サガ》です。


富士川の戦では、屈強な東国軍団が頼朝に味方したことが平家方を打ち破る原動力になりました。

少々繰り返しになりますが、大化の改新以降、大陸からの侵略に備え、大宰府で「防人」としてこの国を防衛してきたのが東国軍団です。

「防人」は武器、食糧は支給されず過酷な賦役でしたが、朝廷から認められた軍団としての誇りも持っておりました。

東国の豪族たちは、この誇りを糧にさらに絆を強めるため縁戚を網の目のように絡ませていました。

伊東家で云えば、藤原、工藤、狩野、宇佐美、河津、曽我、その他数えきれない縁戚の絆を固めていました。

そんな絆に楔を打ち込んだのが、頼朝の挙兵でした。

もともと東国の豪族たちは平家方で固まっていました。

その時の情勢次第で強い方に付こうとする者、主君のために最後まで尽くそうとする者。心の奥底では二分されていましたが・・。

頼朝に従わなかった多くの東国豪族（武将）も捕虜になってしまいました。勿論討死にした武将、兵士も数知れません。

捕虜になった武将、兵士は「誅罰」と称し、首を刎ねられたのでした。

処刑された武将は、相模国では大場景親等三名、駿河国では岡部五郎ほか一名、陸奥国三名。他に彼らに従う侍五十六人。平家側に味方したと云う理由のみで・・。

源氏側、平家側に分かれて戦ったとはいえ、もともとは「東国軍団」の仲間たちです。縁戚を網の目のように巡らせており、親しかった者たちが両派に分かれていたのです。

残忍な処刑でした。一人ずつ順番に首を切られ、恐怖におののき命乞いをする者もいました。

甥の順番が来たとき「殿、この者は拙者にお預けください。必ず殿のお役にたたせます」と、一人の叔父が願い出ましたが「黙れ！」の一言で血しぶきが上がったのでした。

処刑を命じられた首切り役人も、被処刑者の恨めしそうな目、悲しそうな目、そして振り絞る最後の声に怯えました。返り血を浴び、刀は刃こぼれし、腕は疲れてきます。

このような惨劇が延々と続いたのでした。

親、兄弟、親戚の目の前で、首が刎ねられ続けたのでした。

頼朝にとって、家臣に恐怖心を植え付け、自分への求心力を強める策でもありました。

4　工藤祐経　伊東の荘を取り戻す

一方、工藤祐経は伊東祐清とは正反対に、平重盛の家臣であったにもかかわらず、頼朝の陣営に在って、平家側の情報を伝えるなど、頼朝軍勝利へと重要な役割を果たしていました。

以後頼朝の寵愛を受けるとともに、念願の伊東荘を取り戻し伊東家の五代目・伊東祐経を名乗りました。


この後「曽我物語」では、曽我兄弟の敵として討たれたのは工藤祐経と描かれていますが、討たれた時に

は伊東を名乗っていたはずだと思います。

5　「曽我兄弟」の誕生

＊話は前（P48頁）へ戻ります。
母に連れられ、一萬丸と箱王丸の兄弟は河津から相模国（神奈川県）曽我の荘に移り住んでいました。

曽我の荘は、同じ荘園と云っても伊東の領地とは桁が全く違い、小さな荘園でした。

一萬丸、箱王丸の兄弟は、これまでのように多くの家臣に見守られることなく、二人だけの時間を過ごすようになりました。（河津の荘から、丹三郎と鬼王丸の子守役と、二人の乳母は従っていました）

話題は実父・祐泰のことばかりでした。

二人の心も母親から言い聞かされていた、敵・工藤祐経の首を父の墓前に供えることばかりでした。

武術を磨かねばなりません。

木の枝で適当な木刀を作り、丹三郎、鬼王丸を相手に剣術の稽古に励みました。

あまりの稚拙さに、そして真剣さに、曽我の家臣が教えてくれることもありました。

大人たちに手伝ってもらい、竹で玩具のような弓矢を作り、的を狙うなどの明け暮れでした。

夜は夜で、同じ布団で眠りにつくまで、父親の話、敵討ちの話ばかりでした。

そんなある日の夕暮れ、剣術の稽古に疲れ、庭の草原に寝そべっているとき、五羽の雁が頭上を一列に西へ向かっていました。先頭の一羽が方向をやや南へ変えると、続く四羽も先頭に続きます。

それを見た一萬丸が「先頭の一羽が父上、次が母上、あとの三羽は自分たちと同じ兄弟に違いない」「自分たちには父上は居ない。最後の弟も叔父さんに預けられている。家族をバラバラにしたのは、憎い祐経だ。絶対に敵を討たねばならない」

聞いていた箱王丸も涙を流し頷いたのでした。

兄弟に対し、祐経への強い憎しみ・敵討ちを心に刻ませたのは母親だったはずです。その母親にも時間の経過とともに、変化が見え始めました。以前と真逆、敵討ちを戒めるようにさえなったのでした。平家と源氏との力関係が反転し始めたのでした。そして憎むべき相手・工藤祐経が頼朝の側近として仕えていることが知れ渡っていました。

頼朝の長男を殺したのは、前夫・河津三郎の父親、伊東二郎・祐親です。その孫である二人が、側近を敵と狙えば頼朝の逆鱗に触れることは明らかです。新しい夫との間に子どももでき、曽我の家に傷がつくことを恐れ始めたのでした。財政も豊かではありません。口減らしの意味もあり、箱王丸に「念仏、読経によって亡き父の極楽往生を念じよ」と、稚児として箱根権現行きを命じたのでした。

そしてこうも言いました「お前が僧になれば、七代に遡り救われる。親孝行でありご先祖様孝行にもなる」と。僧侶にすれば敵討ちの恐れもなくなると考えたのでした。

寿永四（一一八五）年のことでした。

この「七代に遡り・・」に少々違和感を持ちます。先祖の数は父母で二人、祖父母で四人、その父母で八人、その前で十六人、三十二人、六十四人、百二十八人、合計二百四十八人が成仏できると云うことでしょうか。それまで先祖の霊魂は成仏できず彷徨っていたのでしょうか。

残虐非道な行いをしても、子孫が僧侶になれば極楽往生ができると云うのでしょうか。

6　箱王丸　箱根権現の稚児となる

これより箱王丸は、箱根権現へ上り、別当から厳しく学問を仕込まれ、読経と念仏を強いられたのでした。

当時の箱根権現は山岳宗教を祖とする神仏融合の寺院でした。

権現とは、日本の神々は仏や菩薩が仮の姿で現れたとする、仏教が興隆した時代に発生した神仏習合思想からの信仰対象でした。

母親から戒められ、別れさせられても、一萬丸と箱王丸の心から、「祐経憎し」の気持ち・敵討ちの志を消すことはできませんでした。

「箱王」という名は、祐親が箱根権現の信者であり、孫が箱根権現

箱根権現

のトップ・王になることを願って名付けたものでした。やがて箱根権現の別当に育て上ることが祐親の夢でもありました。

別当とは、その当時、東大寺や四天王寺のような大きな寺、そして箱根権現も含め寺務を統括する身分の高い僧侶を云いました。

箱根権現へ上った箱王丸は僧侶になるべき修行に励みはしましたが、敵討ちの夢を捨てきれず、寺の僧侶たちに気づかれないよう、夜中に仲間の稚児を相手に剣術の稽古にも励みました。

年若い箱王丸です。帰りたくても帰る家はありません。親や兄が恋しく眠れぬ夜が続きました。

布団の襟を涙で濡らし、優しかった父母、楽しかった河津での生活を思い出そうと努力しました。

海辺で父が鍛錬する傍ら、波とたわむれたこと、兄と庭でセミの脱皮を見続けたこと等、幼かった自分の思い出なのか、母や兄から聞かされたことなのか、定かではありませんが、昨日のことのように蘇ります。

懐かしさが募り、目は冴えるばかりでした。眠ることはできません。

そんな夜中には憎い敵の額を叩き割ることを夢想し、木刀を振ることで気を紛らわせていました。

もちろん、別当はこの事実に気づいては居ましたが、箱王丸の気持ちを察し、気づかないふりを他の僧侶にも命じていました。

この時箱王丸は気づいていませんでしたが、寺院には「僧兵」と云う組織があり、剣術に秀でた僧侶も何人か居ました。

後に僧兵たちに武術も鍛えられたことが「曽我兄弟の敵討ち」の死闘に繋がったのでした。

昭和のはじめ、子どもたちが口ずさんだ歌の一節に「京の五条の橋の上・・・」と云うのがありました。牛若丸（後の源義経）が闘った相手「弁慶」は長刀の達人であり、僧兵の一人でした。この弁慶が義経の忠臣になったことは言を待ちません。「悪魔を殲滅する」との大義のもと、敵対する勢力に対抗するため大きな寺社は僧兵（人殺し軍団）を抱えていました。

7　一萬丸、元服し曽我十郎・祐成を名乗る

弟・箱王丸が稚児として箱根権現へ上ったのと同じ年、兄一萬丸は義父を烏帽子親に元服し、曽我十郎・祐成を名乗ることになりました。

烏帽子親は北条五郎・時政との説もあります。

義父・祐信は妻の連れ子を嫡男と認めるのか、若い実子を嫡男とするのか迷いましたが、義理の息子の元服にあたりあえて「祐」の字を名乗らせました。「祐」は伊東家本流の「通字」であること、伊東家の本流争いを認識していました。一萬丸（祐成）こそ伊東家の本流だと信じていました。

一萬丸も父・祐泰の嫡男として、伊東家本流のとして「祐」の字にこだわりを持っていました。

元服した十郎・祐成は曽我の家を継ぐ気持ちはありません。いや、不可能だと思いました。

彼の心はあくまでも河津三郎・祐泰の嫡男であり、伊東家本流の伊東十郎・祐成です。

父の敵である、工藤祐経を討つことのみが生涯の目標だと、思い定めていました。目標が達せられても、自分の命はありえないと覚悟していました。何しろ敵は今を時めく頼朝の側近です。頼朝の側近を討つことは、朝廷と敵対することにもなりかねません。

曽我の家に傷が付かない方法をも思い悩んでいました。

元服の祝宴であっても素直に喜ぶことはできません。

小さな曽我の館ではありましたが、嫡男の元服の祝いにと近隣の豪族たちも祝いに駆け付けてくれました。

元服した祐成の心中を察していた北条時政は、馬を一頭祝いにと贈り「この馬で、武芸の稽古に我が屋敷へ来るよう」と、耳元に囁いてくれたのでした。

元服した曽我十郎・祐成は、いっそう武芸を磨き、馬術の訓練にも励みました。

傍らにはいつも、必ずのように、河津からの家臣である丹三郎と鬼王丸の二人は付き添っていました。

8　十郎・祐成　遊女の虎と出会う

曽我の家臣の中には、十郎・祐成が満足できる武芸の達人は居ませんでした。

かつての師である丹三郎と鬼王丸も今や相手ではありません。

馬の練習も兼ね、北条の館へ稽古に出かけるようになりました。日帰りで稽古に通うことはできません。

北条時政は、そんな祐成のため寝所を用意してくれました。

朝から稽古に励んだ祐成を「食事を共にしよう」と誘い、元服も終わったのだからと酒を進めてくれました。

その席に遊女・虎が呼ばれていました。

この虎こそ『曽我物語』の原作者だと筆者は考えます。

遊女と云うのは、ただ身体だけの商売ではありません。

当時遊女の相手は裕福な階層に限られていました。

それ相応の教養を積まねば遊女は務まりません。「書」「詩歌」「歴史物語」にも優れていなければなりません。

財を蓄えた、それなりに身分高き人物を遊ばせるのが遊女です。自身もそれなりの収入を得ていました。


時政の勧めで、思わぬ深酒をした祐成は、酔いつぶれそのまま寝入ってしまいました。

そんな祐成の面倒を虎に任せ、時政は自分の寝所へ引き上げてしまったのでした。

これが北条時政の思惑でもありました。

祐成は曽我の血筋を引いては居ません。そして後妻（祐成の母）との間に男児が生まれています。

祐成が曽我の嫡男として妻を娶ることは避けるべきとの配慮でした。


虎は準備された布団に祐成を寝かせ、自分はその横に座り、ほとんど眠ることなく一夜を過ごし、翌朝目覚めた祐成に、自分の住まいが大磯であることを告げ帰宅したのでした。

朝食を馳走になり、曽我の館へ帰ろうとした時、時政は「淋しくなったら時々虎を訪ねよ」と言いました。

時政に尋ねられるまま虎も、若くて凛々しい祐成に好意を寄せていると、恥ずかし気に告げていました。

祐成も「曽我」ではなく「河津一萬丸」としての敵討ちこそが最大の目標です。相手を討ち果たしたとき、自分の子どもにどの様な災難が待っているかも知れません。相手は頼朝の側近なのですから。

曽我の家にも傷つけたくありません。

妻は娶らないことに、決心していました。

そんな祐成の気持ちを北条時政は読み取っての虎の紹介でした。

祐成の相手として、選んだのが虎だったのです。

こうして祐成と虎との交際が始まったのでした。

遊女・虎との交際に金銭授受は一切ありませんでした。

虎は有力な豪族たちの宴席で、今様《イマヨウ》などの音曲を披露したり、即興で歌（和歌）を披露したりで、それなりの収入蓄財もあり、身の回りの世話をする老婆も雇っていました。

何度も、何度も夜を共にしました。

二人で酒を酌み交わし、寝物語にお互いの、これまでを話しました。

祐成の話は、河津での思い出がほとんどでした。

「父・祐泰が浜辺で岩を持ち上げ鍛錬していたこと。母と弟・箱王丸と、そんな父の姿を頼もしく見つめていたこと。そんな時、打ち寄せる波と戯れたこと。カニを捕まえようとして挟まれ痛かったこと。波打ちぎわの岩に密生する貝（フジツボ）を採ろうとして触ると途端、岩に吸着し簡単には採れなかったこと」

「庭の木々でセミが姦しく鳴いていたこと。ニーニーゼミ、アブラゼミ、ヒグラシ、ツクツクボウシ、初夏から秋にかけて、これらセミの鳴く時期に順番があること」（これらの名前を知ってはいませんでしたが、鳴きまねで虎を喜ばせました）

「夏の夕方、セミの脱皮を弟・箱王丸と観察したこと。脱皮する前の幼虫を捕まえ、母が活けた花にとまらせたら羽の曲がった奇形になってしまったこと。何度も繰り返しているうちに、幼虫を捕まえるとき、力を加えずそっと移動させるとこが大切であると知った」等々。

虎は、熱心に聞いてくれます。

得意になって祐成はさらに続けます。

「セミは成虫になる前、土の中で暮らしていること。桜などの大木の周りには、幼虫が這い出した穴があること。夕方、大木の周りを箒ではき無数の穴を消すと、翌日午前中に新しい穴を見つけることが出来、その穴から夕方、幼虫が這い出して来ることを見つけた」こと「その日の夕刻這い出す穴を準備しておくのだろう」等々、得意気に話しました。

さらに「新しい穴に細い枝をそっと差し込むと幼虫がしがみ付いてくる」と「セミ釣り」なる技法も話しました。

そして「伊東家の本流を狙う工藤祐経が、伊東家を離れ河津を名乗っている自分の父親・祐泰まで、卑怯にも暗殺した」ことを涙ながらに話しました。虎も涙を抑えることはできませんでした。

なぜこのようなことが起こったのか、自分の知る限り伊東家の本流争いを語ったのでした。

涙話のみではありません。頼朝の前で父親が、怪力の持ち主として評判の高かった俣野五郎・影久を投げ飛ばし、その技が「カワズ投げ」として名を残していることを、誇らしげに話すことも忘れませんでした。

9　箱王丸　祐経を狙う

一方、箱王丸は稚児として早朝から読経と学問に励み、午後は作務（神社内外の清掃）、剣術の稽古に励む毎日でした。朝晩の読経時には必ず「一日も早く敵・祐経を討たせてください」と祈り続けていました。

床についても眠れぬまま、一晩中祈り続けることも度々でした。

満月に恋しい父親の顔を重ね、神仏に語りかけるかのように次のような詩《ウタ》を詠みました。

泣く涙　露けき袖は朽ちぬべし
さやけく照らせ
夜半の月影

この詩に応えるかのように、ご神殿の奥から神の声が聞こえてきたのでした。

泣く涙　斎垣（イガキ）の玉となりぬれば
我もろともに
袖ぞ露けき

この二首の詩を誰が記録したのか。

筆者は虎の創作だったと考えます。後述します。

ともかく祐経を討つことのみを目標に、一心不乱、神仏に祈り続け、稚児として励み続けました。

そんな時でした。

文治三（一一八七）年、新年を迎えると「正月十五日鎌倉殿（頼朝）がここ・箱根権現を参拝に訪れる」との情報が広まりました。

富士川の戦いで勝利した後の頼朝は、敵対した東国の武将（相模国、駿河国、陸奥国）五十六人もの首を刎ねる等、「佐殿《スケドノ》、佐殿」と呼ばれ親しまれていた時代とは異なり、鎌倉に君臨し無慈悲な将軍として恐れられていました。


この時まだ鎌倉幕府は成立していません。征夷大将軍に任命されたのは建久三（一一九二）年です。この時は鎌倉を拠点に敵対勢力討伐に猛威を振るっていました。


その鎌倉殿がここ箱根権現を訪れると云うのです。家臣の一員として祐経も同行するに違いがありません。

敵討ちのチャンスです。でも箱王丸は祐経の姿を見たことはありません。

祐経を見極めることが先決です。勿論隙をつくことができれば行動を起こす覚悟でした。

鎌倉殿は予定通り正月十五日、箱根権現に到着しました。

まず神前に額《ヌカ》ずき、幣帛《ヘイハク》（供え物）をし、二礼二拍手一礼（であったのか、その作法は定かではありません）の挨拶をしました。

その後、仏の前に座り経文を唱え始めました。

多くの家臣たちが警護し、頼朝にならい経文を口にしています。

親しくしていた僧にこの家臣たちの名を訪ねると、二十七人もの武将の名を、こともなげに教えてくれました。勿論その中に工藤祐経の名もありました。

箱王丸は「日ごろお願いしている権現様の前で、敵に出会えるとは権現様のお導きに違いない」

「隙を見つけて、祐経を討つことこそが、権現様のお導きにお応えすること」と、こっそり自室から短刀を、衣の左脇下に隠し持ち出し、他の稚児たちに紛れるように、頼朝一行に近づいたのでした。

多くの僧の後ろに立つ稚児達と共に、経文を唱えるふりをして、祐経を見つめました。

稚児と、武将とでは格が違います。祐経がその視線を感じるのには時間はかかりませんでした。

それとなく視線を辿り箱王丸を認め、自分を敵と狙う河津三郎・祐泰の遺児に違いないと確信しました。

読経が終わった後、祐経は箱王丸を呼び寄せ、いとおしそうに抱きしめるそぶりで、箱王丸が隠し持つ短刀を衣の上から押さえつけ「懐かしい河津三郎殿の倅ですね」

「河津殿も、いやあなたも、この祐経も伊東一族で、血が繋がっています」

「亡くなった父上のためにもしっかりと学問に励み、立派な僧にならねばなりません」

「あなたにとって近い親戚は曽我殿ではありません。この祐経のみです」

「困ったことがあればいつでも力になります」

「あなたの兄上も曽我殿の世話になっていると聞きました。曽我殿の財力では兄上も馬などに困っていることでしょう。いつでも祐経がお役に立ちます。遠慮なく申し出るように伝えてください」

「あなたがたとは話したいことが沢山ありますが、今は頼朝様に従って動かねばなりません。日を改めて、兄上と一緒に伊東の館へ訪ねて来なさい」と心にもないことを言い、「守り刀にしなさい」と赤木の柄に銀の銅金の短刀を渡したのでした。

祐経は、はっきりと「伊東の館」と言いました。

祐経が伊東家本流の主に納まっていると言っているのです。

今は仕方なく「曽我」を名乗ってはいるが、兄・祐成こそが伊東家本流の主であるはずと確信している箱王丸です。

祐経の「伊東の館」との言葉に全身が強張りました。

あたかも親しみを表すかの如く両腕で箱王丸を抱きかかえ、自由を奪い、自分の言葉への反応を見極めた祐経でした。

兄弟二人は、自分を親の仇として、つけ狙っていることを確信しました。

仕方なく受け取った箱王丸は、隙を見つけて「この短刀で・・」と思ったものの、相手は歴戦の強者です。

祐経は、何事も無かったかのようなふりを装い、従臣たちに周りを固めさせ、頼朝に従い箱根権現を後にしました。

箱王丸にはなす術がありません。一行を見送った後、涙にくれる箱王丸でした。

その晩眠ることもできず、涙にくれ夜を明かしたものでした。

祐経に渡された「赤木の柄の短刀」は、この後敵討ちに使われ、現在では箱根権現の宝物として管理されていると聞いています。

10　箱王丸　箱根権現を抜け出す

この時箱王丸は十七歳になっていました。

頼朝一行を見送った翌日、別当が「いつまでも稚児でいることは出来ない。九月には京に上り授戒式を行い、出家し僧になれ。そのつもりで準備せよ」と言いました。

母の気持を汲んで僧になるべく今日まで、このお山で稚児として修行を積んできました。

教えを受けた学問も、書、そして読経も他の稚児たちより優秀で、別当を感心させ、僧の資格を与える時期が来たと、今回の授戒式を計画させたのでした。

しかし、その別当にも戸惑いの心がありました。箱王丸の仇討ちへの執念を見抜いておりましたから。

人殺しは悪である。しかし仇討ちは「親孝行」であり、神仏の御心に反するものではない。

仇討ち前に箱王丸は命を落とすだろう。成功したとしても生きては居られないだろうと、複雑な気持ちを拭うことは出来ませんでした。

箱王丸もその晩、悩みに悩みました。愛しい父親への思い、母親の気持、そして別当による今日までの優しく厳しい指導。

母親と恩人を裏切ってもよいものか、父親の無念を晴らさないでよいものか・・。

結局、頼朝が去った翌々日夜明け前、誰にも知られないよう、お山を抜け出し曽我へと走りました。

別当は箱王丸の心を読み切り、山を駆け降りる姿を見つめていました。そして善後策に考えを巡らせていました。権現神社から稚児が姿を消せば騒ぎになることは明々白々です。

11　箱王丸元服し、北条五郎・時致を名乗る

曽我荘へたどり着いた箱王丸は母に知られないよう兄を呼び出し、裏山の木陰で内密に話し合ったのでした。

箱王丸一人で兄を呼び出すことは出来ません。幼い時からの子守役である鬼王丸がいつも影のように従っており、権現神社でも人知れず世話をやいてくれました。

勿論、箱根権現の別当は、素振りには表さず見守り続けていたのでした。

「兄者、悔しい。敵が権現様に現れたので、討とうとしましたが逆に手玉に取られてしまいました。そして守り刀にせよと短刀まで渡されたのです。馬鹿にされたのです」

「箱王よ。私も祐経の跡を追い、鎌倉殿に従い箱根のお山へ上ったことは知っていた。鎌倉殿は多くの家臣を従え巻き狩りを楽しんでいる。父上も巻き狩りの帰りで命を失われた。巻き狩りの際、弓矢で射止めようと練習に励んでいる」

「兄者と力を合わせ、憎い敵を討ちたいものと、箱根のお山を逃げ出して来た。兄者と共に河津三郎・祐泰の息子として祐経を討ち取りましょう」

兄の一萬丸、今は曽我十郎・祐成は弟の気持に喜びを隠せませんでしたが「今は曽我の家人に知られてはいけない」と考え、自分の烏帽子親である北条五郎・時政に相談するのが最善と考え、弟を伴い北条の屋敷を訪ね、来意を告げました。

時政も「父の無念を晴らしたいとの気持ちが強ければ、仏法修行にも身が入らないことは当然だ」と、兄に続いて箱王丸の烏帽子親を快諾してくれました。

ここ北条の館で元服の儀式を行い、北条五郎・時致を名乗らせたのでした。

時政は曽我に迷惑が及ばないよう、すべて自分の責任で元服させるべきと考え、あえて北条の氏《ウジ》を名乗らせたのでした。そして時政の「時」の一字を与え「時致」と名乗らせました。

自分の名の一字を与えることを「偏諱《ヘンキ》」と云います。

元服の祝宴を開き、祝いの品として衣装一式と一頭の馬を与えてくれました。

箱王丸自身「北条五郎・時致なのか、曽我五郎・時致なのか、河津五郎・時致なのか、いや伊東五郎・時致だ」と複雑な感慨に陥ったものでした。

七日間にも及ぶ祝宴も終わり、兄と二人若武者姿で馬を並べ曽我の荘へと向かいました。

12　勘当される箱王丸

やっと「懐かしい母に会える」と曽我の屋敷へ入ると、すでに鬼王丸から「箱王丸様のお戻り」と告げられていた母親も喜びを隠せず、以前箱王丸が使っていた部屋に新しい敷物を敷き、自分は仏間に籠り、祐泰の霊前に「息子が僧になり供養に訪れる」と報告をしていました。

鬼王丸に案内され、以前自分が使っていた部屋で母親を待ちました。新しい敷物以外以前と変わりがありません。懐かしさのあまり涙して母親を待ちました。

全く予想もしない展開が待ち受けようとは思いませんでした。

母親も予想だにしない息子の姿に驚きました。

僧侶ではなく若武者姿の息子が座っていたのです。

「十郎を元服させたことすら悔やんでいるのに、僧になり亡き父の菩提を弔うべきお前まで武士になるとは、何事ですか」

「お前の父親河津殿ほど仏の恵みを受けない不運な人はいない。男盛りに矢で射殺されて、今、修羅道の苦しみを味わっている父親を救うはずのお前が武士になるとは。お前は本当の親不幸者です」

「たった今勘当します。これから私はお前の親ではありません。二度と顔を見せないでおくれ」と泣きながら自室へ籠り再び顔を見せることはありませんでした。

「父上の墓前に祐経の首を供えねば父は成仏できません」

「父上は仏になって極楽浄土というとても素晴らしいところで平穏にお暮しです」

そして今回の「修羅道の苦しみを味わっている父親」

母親の言葉に一貫性も整合性もありません。

平家から源氏へとの、時代の変遷も背景にあったものと考えます。

これが『曽我物語』の特徴の一つです。

13　放浪する二人

母の怒りを買った箱王丸の元服、それを導いたのが一萬丸（曽我十郎・祐成）です。二人とも母親の元に留まることは出来ません。

七、八軒の縁戚を巡り約三カ月もの間、泊まり歩いたのでした。

この間、周りの人たちには気づかれないように、二人の間では敵討ちの話ばかり「祐経は頼朝の重臣。頼朝は多くの家臣を引き連れ各所で巻き狩りを行っている」「巻き狩りの最中獲物を狙うふりして敵を討つのが最善」「弓矢の上達が必要」等々話し合いました。

そして泊まった家々では、武術の鍛錬と称し道場で剣術に汗を流し、弓矢の練習に励みました。

特に二人は「笠懸《カサガケ》」に熱中したのでした。

「笠懸」と云うのは疾走する馬上から的を狙う弓術を云います。

狩場で敵を討つのには最適と考えたのでした。

これらの家々では口には出しませんが、二人の目的は承知の上、彼らの行動を見守り、彼らの武術上達に役立ちそうな武将の館へ、次々と紹介状を持たせてくれたのでした。

当時、武士の社会では「親の仇を討つのは子の義務」であり「親孝行」との考えが浸透していましたが、今回は少々複雑でした。相手が、今を時めく源佐殿・頼朝の重臣だったからです。

世話をした武将たちも複雑な気持ちであったと思います。

こうして縁戚関係者の好意で、三カ月もの間武者修行の旅を続けることができたのでした。

14　曽我兄弟　兄・小次郎に助力を求める

話は横へずれますが、兄弟の母は、河津三郎・祐泰に嫁ぐ前、すでに結婚しており夫と子供がいたのでした。その子供は兄弟の兄であり、「京の小次郎」と呼ばれていました。

母親の前夫が伊豆の役人から御所の仕事へと職替えになった時、伊豆・狩野家の祖父が孫娘と離れたくなく、無理に別れさせ、近くに住む河津三郎・祐泰に嫁がせたと云います。

夫婦の愛情より祖父の我儘?が、まかり通った時代でした。前にも触れましたが、狩野家は伊東家の本家筋にあたります。このように血縁同士の婚姻が多かったようです。「血筋」が大切だったのでしょうか。

この兄・小次郎と一萬丸と箱王丸は兄弟として幼児期、同じ布団で夜を過ごしたこともありました。母に敵討ちを反対された今、兄を頼るしかないと十郎・祐成は考え弟に話しました。

弟は「私たちにとっては父の敵討ちです。小次郎殿の父ではありません」と言下に反対しました。

「もし、このことを小次郎殿がばらしたら、私たちは敵討ちどころか謀反人として捕まってしまいます」

「そんなことは決してあり得ない。小次郎殿は私たちにとって優しい兄です」

と、二人の間で意見は分かれましたが、結局兄の一萬丸主導で小次郎と会うことになりました。話を聞いた小次郎は「今は時代が違う。たとえ相手が父の敵でも鎌倉殿の重臣だ。相手を狙うことは鎌倉殿に対する謀反になる」

「どうしても敵を討ちたいのであれば、都に上り、帝か上皇に拝謁して、院宣か宣旨を頂いて祐経殿に裁きを受けさせることだ」と、一見正当な見解にも聞こえますが、二人が天皇や上皇に拝謁することなど全く不可能です。

「敵討ちなど諦めよ」とその場を立ち去りました。

怒り心頭の箱王丸は「小次郎が自分たちの計画を漏らしたら、敵討ちどころか、二人は捕まってしまう。追いかけて殺してしまおう」と追いかけようとしました。

これまで稚児として神仏に仕えていた身とは思われぬ激怒ぶりでした。

そんな弟を必死に引き止め「父親が違うとは云え兄さんだ。小次郎殿は私たちのことを考えてくれたのだ。決して私たちが不利になるようなことはしない。漏らすようなことも決してしない」

となだめましたが箱王丸は「あの男は漏らさないとは言ったが、酒を二杯か三杯飲めばポロリと漏らさないとも限らない。大事の前の小事。殺すべき」と主張しましたが、そんな弟を必死になだめ、追いかけることを諦めさせたのでした。

一方、小次郎は二人の気持は理解しました。しかし今の世では決して許されない行為であり、弟たちの命にかかわる大事とばかり、曽我の屋敷を訪ね母にすべてを話したのでした。

15　揺らぐ母親の気持

小次郎から話を聞いた母親は、すべて自分の責任だと気づきました。三郎・祐泰が殺されたとき、幼い一萬丸と箱王丸に「敵を討って父の墓前に供えよ」と言ったことは忘れていませんでした。

でも、今は河津ではなく曽我の女房であること。

そして時代が平家から源氏へ変わろうとしていること。

今や祐経は頼朝の重臣、父の敵討ちであっても謀反人として処罰されるであろうこと。

自分の言ったことが息子たちを悩ませ、人生を変えたことを悔やむ母親でした。

母親は一萬丸を自分の部屋へ呼び、自分の心中を話し、これまでの態度を詫びるのでした。

そして母親は「お前たちが独身でいることが間違いのもとです」

「お前も二十歳になります。敵討ち等考えないで、妻を娶り、妻子のために働きなさい」と諭しました。

16　決行を迫る弟

部屋に戻り母の話を弟に告げると、弟はすでに障子越しに母親の言葉を聞いていました。それでも敵討ちは成し遂げねばならないと思っていました。

「あの時小次郎を殺してしまえば、母上に敵討ちの計画を知られずにすんだのだ。こうなれば一日も早く祐経を討たねばならない」と、神仏に仕えていた弟が敵討ち（人殺し）決行を兄に迫ったのでした。

「母上の言葉はもっともです。しかし敵討ちを果たせば妻子にもお咎めがあるでしょう。果たす前に返り討ちに会うかも知れません。私たちは命を捨てなければならないのです。私は一旦僧になろうと決意した人間です。念仏と読経そして善行を積み、その功徳を父母の来世に役立てようと思っていました。今更妻子を持とうと思いません」

「でも兄者は違います。女性が恋しいでしょう。しかし妻子を持たれることには反対です」

「兄者が虎と云う遊女と懇ろであることはすでに承知しています。このままの関係を続けてください」

「決して夫婦になり曽我の家へ入れてはいけません。母上や曽我の父上に迷惑が掛かります」

「頼朝公は狩や寺社巡りを頻繁に行っています。兄上が虎女の所へ通う道すがら一行に出会うことや情報を得ることもあるでしょう」

「兄上が虎女の元へ通うとき、私も秘かに従います」

弟は喋り続けました。

自分が遊女の元へ通うとき、弟は尾行するというのです。そして自分が虎と逢っている間、弟は念仏や読経で敵討ちの成功を神仏に願い続けると言うのです。

弟の決意にグッと胸がこみ上げてきました。

耳を傾け、あれこれと考えを巡らしていた祐成は、弟の意見に従おうと決意しました。

虎の居る大磯は鎌倉と箱根の中継点です。ここを祐経が通過する可能性も大きいと思いました。

数日後、弟の見解が的中したのでした。建久四（一一九三）年、初夏のことでした。

大磯の宿で、虎の酌で酒を嗜んでいたとき、近くの遊女から「先ほどまで、工藤左衛門将・祐経殿一行が酒宴を行っていました。たった今鎌倉へと出かけたところです」との知らせがありました。

勿論この遊女は兄弟の思惑は何も知りません。

早速二人は馬で一行を追いかけました。

戸上ヶ原（場所は特定できませんでした）で一行に追いつきました。

遥か前方に五十騎ばかりの武者が駆けて行きます。中に見知った人影も見つけました。父の異なる兄・小次郎の姿でした。しかし祐経を見分けるのには距離がありすぎました。

一行の主は祐経であり、他の武将たちは祐経を護衛しているように見られ、隙を見つけて矢を射かけることはあきらめ、悔しさを胸に引き上げざるを得ませんでした。

17　二人を支える丹三郎と鬼王丸

五郎は勘当の身であり、十郎・祐成は曽我の嫡子とは云え、今を時めく鎌倉殿に謀反を起こそうとしているのです。

曽我の館で暮らすことは出来ません。

祐経を追っての放浪の身であり、十郎に至っては遊女・虎にも逢わねばなりません。

そんな彼らを支え続けたのは河津からの下郎・丹三郎と鬼王丸でした。

彼らは、以前の主・河津三郎・祐泰の恩を忘れることができませんでした。

侍になりたいとの一心から、百姓家を抜け出し、一萬丸と箱王丸の子守役として雇われたのでしたが、彼らの心中を知った祐泰から剣術や弓術を親切に厳しく教えられた恩義は忘れられませんでした。下郎の身分のままではありましたが、一萬丸と箱王丸に生涯を捧げる覚悟は出来ていました。殆ど毎日のように、主・二人の行動は熟知していました。

空き時間の昼間は農家の畑仕事や山仕事を手伝いました。もともと百姓の出身です。造作もありません。手先の器用な丹三郎は、農家からもらった藁で夜間、草鞋を作り、旅人に買ってもらい小金を貯めました。温泉客の多いこの界隈の街道では多くの客に重宝がられました。

このように二人は自らの出世より、下郎として、今は元服し武者となった一萬丸と箱王丸に生涯を捧げることに生き甲斐を感じているのでした。

第七章　鎌倉幕府

1　征夷大将軍源頼朝　鎌倉に君臨

富士川の戦いに続き、一の谷や壇ノ浦の決戦で源氏は平家をほぼ滅亡させ、頼朝は「征夷大将軍」の称号を朝廷から与えられ「鎌倉幕府」を成立させました。寿永二（一一八三）年のことでした。もっとも、一の谷や壇ノ浦での戦いは、頼朝の腹違いの弟、義経の主導によるものでした。

「鎌倉幕府」の成立は建久三（一一九二）年と云う説が有力です。

しかし、豪族間の土地をめぐる争い事が絶えず、その裁定も頼朝の仕事の一つでした。忠実な大名たちを自分の脇に控えさせ、意見を聞きながら（聞くふりをし）裁定の一仕事を終えた後「最近大きな訴訟も無いので鎌倉を離れても差し使えないであろう。狩りでも行おうと思う」「狩りは生き物を殺す罪深いものであろうか」と居並ぶ大名たちに尋ねました。

最初に答えたのが梶原平三・景時でした。

景時は頼朝の前へ進み「狩りは罪深いものではありません。お釈迦さまでさえ仏になる前の人間であった時、修行中に鹿狩りをされました。わが国では諏訪大明神がまだ人間であらせた時、伊吹の山で巻き狩りを行ったと聞いております。ただ鷹狩だけは罪深い行いと聞いております」と答えました。

これを聞いた畠山重忠が笑いながら、国の内外の神や仏が人間であった時、鷹狩を行ったとの故事を披露し「鷹狩は決して罪深いものではありません。殿も鷹狩を行われるのがよいと思います」と、鷹狩も巻き狩り同様勧めたのでした。

これを聞いた頼朝は大変喜んで両武将に見識の褒章として領土を与えたのでした。

殺生が罪深いものであれば、狩りも鷹狩も変わりはありません。
「見識」ではなく「へ理屈」としか思えません。
神や仏の実態は「元人間」であると信じられていたようです。

こうして将軍主催の狩りを行うことが決まり、浅間山、三原山、富士等古くからの狩場を諸国の大名に整備させるよう、景時に命じました。

命じられた地元大名たちは大変な負担を背負わされることになります。頼朝はもとより参加する大名とその家臣の宿泊場も整備しなければなりません。

それら大名たちには褒章を与えると明言し、その場は終わりました。

この時、源佐殿・頼朝は「征夷大将軍」との名誉ある？地位名が示すよう、この国を統一するにはほど遠い状態でした。「夷」を制圧しなければなりません。各地に平家の残党も潜んでいます。

手足にすべく配下の大名たちも完全には掌握しているわけではありません。

各地からの不平不満の声も聞こえてきます。

自分に対する内部の目を外に向けさせねばなりません。これら大名たちを一か所に集め、共通の目的に向けさせる策を模索していました。

大規模な狩りを行い獲物の数を競わせることが、そして獲物の数によって褒章を与えることが、最善と考えたのでした。

多くの大名たちの前での梶原と畠山の提言は頼朝の思うつぼでもあったのでした。

頼朝が各地で大規模な巻き狩りを行うとの情報が、丹三郎と鬼王丸によってもたらされ、兄弟を喜ばせました。

敵・祐経も頼朝に随身することは間違いありません。

これこそ神仏の「お導き」に違いないと考えました。

そして、狩りに参加する武士の仲間に紛れ込もうと、その時々の状況に応じた計画をあれこれ話し合いました。

その場には丹三郎と鬼王丸も控えていました。兄弟の話し合いが終わると二人は何処となく姿を消しました。

挿入の章　三「征夷」

A和人（日本民族）とは何者？

筆者は「征夷大将軍」の称号に少々拘りを持ちます。

「夷」とは「野蛮人」を指す言葉です。野蛮人を征服する責任者と云う意味でしょうか。

皇室初代の神武天皇が九州・日向から攻め上り、順次、本州の西端からこの国の原住民を殲滅し、奈良の橿原《カシハラ》に都を築きました。

神武天皇は百二十七歳で没したと云われています。事実だとは考えられません。

神話は「お話し」であり、『曽我物語』と同様、史実とフィクションとの混在です。

神話の神々も神武天皇も武器を持った姿が描かれています。武器は殺しの道具です。

神話の神々も、この国を平定するのに、多くの血を流しています。

神武天皇は武器と流血とで夷を殲滅し、橿原に大和朝廷・都を築きました。

「和」の国を立ち上げたのです。

これは「侵略」です。

「神武天皇」は侵略軍の統括指揮官だったのでしょうか。


「夷」とはこの国の先住民だとしか考えられません。

先住民を殲滅して「和」の国を立ち上げた神武天皇は「侵略軍のリーダだった」とは言いすぎでしょうか。

現在、北海道の一部地域に細々と生き残るアイヌの人々が、この「夷」の子孫なのでしょうか。

筆者は、この国を征圧した征服者の子孫だと云うことになるのでしょうか。

少々複雑な感慨がよぎります。


頼朝が「征夷大将軍」との称号を得た時「夷」はほとんど姿を消し、もともとの「征夷」の意味は薄れていましたが、それぞれの地に根付いた豪族間の諍いも頻発し、源氏と敵対した平家の残党も残っていました。

これら地方の有力者たちをすべて自分の勢力下に置くことが、頼朝の思惑でした。

2　頼朝　狩場を巡り褒章を乱発

建久四（一一九五）年春、関係する武士を多く引き連れ、鎌倉を出発、現在の東京、埼玉、群馬、長野等、短時間の狩りや鷹狩を楽しみながら、狩り場を巡りました。

曽我の兄弟はその後を追い、関戸、入間川、大倉の宿等でも機会を窺いましたが、警備が厳しく、空しい追従の旅を続けたのでした。丹三郎と鬼王丸は、草鞋を売ったり、農家の手伝いをしたりで兄弟の旅を助けました。

頼朝一行が浅間山の麓に差し掛かった日中、キツネが「コン、コン」と鳴き、その声を聞くと直ちに頼朝近くに随身していた梶原平三・景時が

浅間に鳴ける昼狐かな

と、詠みました。

「ここは浅間であるのに、朝ではなく、昼に鳴くとは、浅ましいことだ（浅と朝の掛詞です）」と云う意味です。

これを聞いた、信濃の武将・海野小太郎・行氏がすかさず

忍びても夜こそこうと言うべきに

と、上の句を付けました。

「狐と云うものは、そっと夜に忍んでコンと鳴くべきなのに」

忍びても夜こそこうと言うべきに　（海野）
浅間に鳴ける昼狐かな　（梶原）

連歌が完成しました。

頼朝も大変感心し、褒章としてそれぞれ一頭の名馬を与えました。

海野に与えたのは「大黒」、梶原のは「小鴾毛《コツキゲ》」と名付けられていました。


こうして七日間かけ、途中で狩りを楽しみながら埼玉、群馬、長野の狩場を巡り、旅も終わりに近づき、隅田川を渡りました。

そして利根川の東岸に着いたとき、流れを見つめていた頼朝が、しみじみと「あの在原業平が、名にし負わばいざ言問はん　と都鳥に語りかけた場所なのだな」と呟きました。

すかさず梶原が

隅田川渡る瀬ごとに言問はん昔の人もかくやありけむ

「隅田川を渡るたびごとに尋ねたいものだ。昔の人もこのような気持ちだっただろうか」

すかさず海野が詠みました。


隅田川瀬々の岩超す波よりも久しかるべき君が御代かな

「隅田川の瀬を超え続ける波よりも、なお永遠に続くに違いない我が君（頼朝）の御代であるに違いない」

と、はなはだゴマをすった詩を詠みました。

頼朝が喜ばないはずはありません。早速、褒章を下げ渡しました。

梶原には駿河国・久能十二郷。海野には越中国・宮崎十八郷でした。


利根川の東岸から隅田川を詠ったと書かれていますが、江戸時代の大規模工事までは、両河川は河口付近で合流し、東京湾に注いでいました。

この間曽我兄弟は、彼らの後を追いかけたのでしたが、警護が厳しく、隙を見つけることは出来ませんでした。

3　地元大名にとって大きな負担

頼朝主催の巻き狩りは地元大名にとって大きな負担が強いられたものでした。

移動中は、宿や旅籠《ハタゴ》、下級家臣には野宿でもよかったかもしれませんが、山中の狩では宿所の準備が必要です。

何度も使われる狩場ではそれなりの施設が準備されていましたが、頼朝が気まぐれのように突然言い出した時、地元の大名は慌てさせられたものでした。

頼朝は宇都宮朝綱に「下野国那須野（栃木県北部）で狩りをしたい。そのついでに、宇都宮大明神にも参拝したい」と言いました。

慌てたのは宇都宮朝綱です。急いで妻に手紙を書いたのでした。

「鎌倉殿の屋敷を五間四方の大きさに造れ。警護の武士用の詰め所を十二間の大きさに造れ。鎌倉殿の御所に通じるよう左に和田殿の屋形、廊下を挟んで右側に畠山殿の屋形をそれぞれ三間四方で同じ造りにせよ。そのほか小路を通してその左右に千五百余の屋形を七日の内に急いで造れ」と。

手紙を見た女房は二百八十人の人足を集め、莫大な褒章を約束し、迅速丁寧な仕事で手紙の内容を完成させたのでした。

頼朝の屋形の寝殿には垂木や桁や鴨居には宝石や黄金をちりばめ、正面廊下には筋金や雲母を貼り付け、柱には欅の正目に油を引き、床板には正目の檜板に油を引いたので鏡のように人々を映し出すほど贅をつくし、言葉には表せないほどでした。

たった七日でこのような贅沢な工事を完成出来たのでしょうか、頼朝と二人の重臣、そして千五百もの屋形、勿論その軽重の違いは分かるとしても、信じ難い出来事です。真実であるのなら当時の技術の高さに驚かされます。

頼朝は宇都宮の屋形の立派さに驚き、朝綱の女房の仕事だと知り、彼女を酒宴に呼び出しました。宇都宮朝綱の女房は「蓮の花のように清らかで涼しげな目もと、赤い花のような唇、前世で善根をつんだことによる容色を持ち」絶世の美女でした。周りの侍たちも目を奪われていました。

この美女を目にした頼朝は、宇都宮朝綱に「これほどの美女を妻に迎えたとは褒美をやらねばなるまい」と陸奥国信夫郡（福島市）を与えたのでした。

そして、立派な屋形を建てた女房に常陸国伊沢郡六十六郷を与えたのでした。

美女に生まれついたのは「前世に善根を積んだからだ」と断定しています。善根を積めば、美女に生まれ変わるのか、それとも極楽往生できるのか、その境が理解できません。

美女を妻に迎えたからと褒美を与えた頼朝に対し、周りの家臣達の心境はいかがだったのか知りたいものです。

次の日、那須の山で大規模な巻き狩りが行われ、その時狩り出された勢子の数は五～六万にも及ぶ大規模なもので、勢子の人影で那須の山は埋め尽くされたと云います。

こうして大規模な巻き狩りが七日間も続いたのでした。

勢子たちは無料奉仕させられたのか、各大名たちが駄賃を負担したのか記録にはありません。

曽我十郎、五郎の兄弟はここまで後をつけ狙ったのですが、相手の警備が厳しく付け入る隙を見つけることができませんでした。

遠くに、馬を走らせ鹿を追う祐経を目にはしましたが、空しく見過ごす以外、手を出すことができませんでした。

4　鶴岡八幡宮での舞
工藤祐経と静御前

話は横へ逸れますが、『曽我物語』での敵役・工藤祐経と、源義経の愛妾・静御前《シズカゴゼン》との関わりについて、少々触れておきます。

祐経と頼朝の人間性について興味を覚えたからです。

京の都より、義経の愛妾・静御前が、捕らえられ鎌倉へ送られて来ました。

彼女は白拍子《シラビョウシ》の歌い手、踊り手として、名を知られていました。

頼朝にとって、憎い義経の愛妾です。

腹には臨月になろうとする義経の子どもを宿しています。

恥をかかせようと、鶴岡《ツルガオカ》八幡宮で白拍子を舞うことを命じたのでした。

憎み合う頼朝の前で舞いたくないとの気持ちが、臨月の身体への不安より勝り、義経への恋心で打ち震えていました。

「どうかお許しください」「このような身体ではとても踊れません」と必死に懇願しましたが、頼朝は聞き入れません。

「静《シズカ》を八幡宮へ連れて行け」と命じ頼朝はその場を離れました。

その時、そっと近寄ったのが祐経でした。

「静殿。私が身体に触らぬよう。ゆっくりと伴奏します。どうか気を静めて舞って下さい」と呟いたのでした。

「そなたは工藤一臈《イチロウ》殿」京の都でコンビを組んだ仲間だったのです。

静は祐経を芸名で呼びかけました。祐経と云う名を知らなかったのかもしれません。祐経はそっと頷きました。

結局、静御前は鶴岡八幡宮の境内へ連れ出され、工藤一臈の笛と鼓《ツヅミ》による伴奏で今様《イマヨウ》（即興の唄）で舞うことになりました。

工藤一臈は静の身体に障らないよう、ゆっくりしたリズムで演奏し、静の唄と舞いを助けました。

工藤一臈の演奏、静の唄と舞、共に頼朝の家臣達と多くの参拝客を魅了しました。

鎌倉鶴岡八幡宮

ただ一人、頼朝は激怒しました。今様が義経を恋慕う内容だったのです。

文治二（一一八六）年旧暦四月のことでした。

館へ戻った頼朝は「静が出産した子が、女だったら許す。男なら殺す」と宣言しました。

生まれたのは男の子でした。宣言通り由比ガ浜の海底へ沈められたのでした。

我が子を殺された静は周りの女性から慰められ、京へ送り返されましたがその後の消息は知られていません。


源頼朝が、征夷大将軍の称号を与えられ、鎌倉に幕府を開くことが出来たのは、平家を朝廷から駆逐し、滅亡させたからに他なりません。

一一八四年の一ノ谷（神戸市）から、屋島（高松市）そして壇ノ浦（下関）へと、幼君・安徳天皇を奉じ、都落ちした平家軍を追い詰め滅亡させたのは頼朝の戦功ではありません。源義仲であり、特に源義経の活躍が目立ちました。

安徳天皇の入水により、後鳥羽天皇が即位しました。

この時、義経が従五位下に叙せられたことが、頼朝の怒りを買ったと云われています。

頼朝は自分の地位が脅かされるとの危機感から、義経の排除を画策し、結局、奥州（岩手県）平泉で義経を抹殺したのでした。

第八章　『曽我物語』の核心部

1　宿の女主人と詩《ウタ》を詠みあう兄弟

この間、兄弟は河原に立つ粗末な家に宿を乞い、宿泊していました。粗末な家の女主人は、これも粗末ななりをし、いわくありげな兄弟を、快く泊めてくれたのでした。刀を隠すように昼も夜も出かける兄弟の様子に敵討ちだろうと判断し、二人とも死を覚悟していることに気づいていました。

死を覚悟した二人に、こちらも娘と二人で酒を進め、「嘆きこそ繁き森にはまさりけれ別れし親の跡の玉垣」と紀貫之の詩を披露しました。

これに対し十郎は、女主人に自分たちの目的を見破られていることを悟り、自らの心境を披露しました。

嘆きこそ千草の花に身をなして忍べど色は顕れにけれ

五郎も

紅の末摘む花の色見えて物や思うと人の問うかな

「やはりそうだったのか」と女主人は

野辺に立つ千草の花の色なれば忍べどついに顕れにけり

同席した娘も

もとよりも嘆きの花の色を見て我もろともに袖ぞ露けき

と、詠いあったのでした。

明らかにこの四人は一つの方向を見つめて詠《ウタ》っているように思えます。またこの詩がどのように記録され、今日まで残っているのか知りたいものです。

頼朝一行は翌日品川宿に入り、翌々日は鎌倉へと帰着し、兄弟に付け入る隙を見せませんでした。

2　祐経、富士での大規模な巻き狩りを提言

鎌倉に帰った頼朝に対し、工藤祐経は次のような提言を行いました。

「今は、侍たちに暇を与えてはいけません。多くの大名とその家臣を集め富士野で狩りを行うべきです。獲物は大名たちの領民に配らせたら良いと思います。皆が殿のお心に感謝すると思われます」

頼朝は早速、梶原景時を呼び、これを各大名に伝えるべく手配をしました。

この話を伝え聞いた兄弟は「これが最後の機会」と決意し、決行について話し合いました。

「狩りは獲物を探し、追いかけるものです。誰がどこに居てもおかしくはありません」

曽我兄弟が望んだ富士

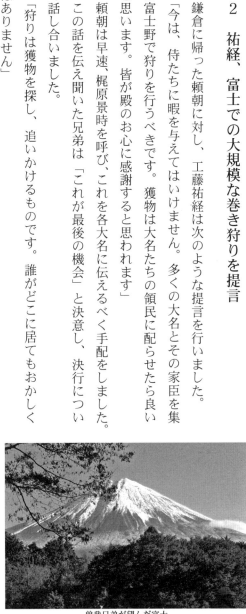

「自分たちも狩りの仲間に紛れ込み祐経に近づくべきです」

「これまでは自分たちの安全を考え、相手の隙ばかり狙っていたのが間違いでした」

「初めから自分たちの命は捨てる覚悟であったはずです。それを忘れていたのではありませんか」と五郎・時致が言いました。

「自分もそのように考えていた」と十郎・祐成も答え「今度こそ、生きては帰らない」と決意したのでした。

3　死を決意した兄弟　親しい人々に別れの挨拶

富士の巻き狩りで必ず敵討ちを成功させようと決意した兄弟でしたが、自分たちの命が終わるであろうことは分かっていました。

頼朝が主宰する狩場で重臣を殺害しようと云うのです。兄弟にその気持はなくても、頼朝に対する謀反と判断されかねません。謀反の代償は死のみです。

死を覚悟した以上、親しい人々に別れの挨拶がしたいと思うのは人情です。

そして、衣装も無心したいと思いました。

巻き狩りに参加する武士の中へ紛れ込むには、いかにもみすぼらしい衣服であり、目立ちすぎると考えたのでした。

但し「敵討ち」は隠し通さねばなりません。同意してくれるとは考えられません。謀反の片棒を担げば、どのようなお咎めが待っているのか分からないのですから・・・。

兄弟の父親・河津三郎・祐泰は、毎朝のように、大きな石を持ち上げるなど身体を鍛えた力持ち。弓術、剣術にも優れ、そして領民をも大切に扱い、優しく接していました。

領民から、そして東国軍団の武将たちからも慕われていました。

「親が非情な死を遂げれば子が敵を討つ」ことは親孝行であり、「武士の鏡」とまで言われ、美談と信じられていました。

しかし、今は、その敵である祐経は征夷大将軍・頼朝の重臣です。

頼朝が「敵討ち」を許可することはありません。

決行すれば、それは「謀反」です。

兄弟がこれまで狩り場、狩り場で、跡を付けていたことに、多くの武将たちは気づいてはいましたが、見て見ぬふりをしていました。

4　三浦の伯母宅訪問

兄弟がまず訪問したのは三浦（神奈川県三浦市）の伯母宅でした。

兄弟は「頼朝公のお供をして富士の巻き狩りに参加する」とだけ言い、本音は口には出しませんでしたが、固い表情にそれと気づいた伯母は素知らぬふりで、別れの杯を準備してくれました。

兄弟が別れの挨拶を交わし外へ出ると、ちょうど伯母の長男・三浦与一が帰って来ました。

懐かしさと信頼関係の深かった十郎が秘密を打ち明け、協力を依頼しました。

横で聞いていた五郎は「約束が違う。このお喋りめがっ」と心の中で兄を呪いました。

五郎の思惑通り、与一は「警護の厳しい狩り場で敵など討てるはずが無い。謀反者として罰を受けるだけだ」と、計画そのものを否定しました。

兄とその場を少々離れ、五郎は兄を大声でなじりました。

「あんな馬鹿者に大切な秘密を打ち明けるとは、兄者も大馬鹿者だ。人でなしに重大事を打ち明けるとは」と喚いたのでした。

「大馬鹿者。人でなし」と喚かれた三浦与一も収まりません。

兄弟がその場を去ったあと、鎌倉へ急ぎ、兄弟の計画を頼朝に知らせようと決断したのでした。

与一が鎌倉へ向かおうとするところへ、それぞれ三十騎ほどの家臣を引き連れ三浦へ戻る和田と畠山の両武将と出会いました。

両武将はたった今、曽我兄弟と親しく挨拶を交わしたばかりでした。

二人が与一の馬を止め、何事かと問いただしました。

「今は昔と違うと、二人の行動を止めようとしたら、弟の五郎が滅茶苦茶に私の悪口を言い、悔しくてたまらないので、鎌倉殿にあいつらの首を切ってもらおうと鎌倉へ向かうところ」だと言います。

兄弟の心情を理解していた二人は、涙ぐみ「本当の武士という者は、人の心の奥深くに秘められたことを知らねばならない」

「頼りにして秘密を打ち明けた兄弟を裏切れば、後々まで心の重荷になって後悔することになるだろう」

「自分の身が案じられるのであれば、郎党の一人でも手助けにと、力を貸すのが頼られた者の心のはず」

「先ほど悪口を言われたからと云っても、それほどあなたの恥にはならない。それよりあなたの行動を知った者たちが、後々非難するだろう」等々、与一の鎌倉行きを諦めさせたのでした。

こうして兄弟は、二人の助力で最大の危機を脱することが出来たのでした。

この二人のように「敵討ち」成功の陰には多くの協力者がありました。

5　五郎　土肥弥太郎・遠平に衣装を無心

虎を訪ねる十郎と別れた五郎は、伯母の屋敷がある早川（神奈川県小田原市）を訪ねたのでした。そこでは懐かしい従弟にあたる土肥弥太郎・遠平が出迎え、大歓迎をしてくれました。

「頼朝殿が富士野へ狩りに出かけられると聞いたので、我ら兄弟もお供することになりました。これまで稚児の身分であったので相応しい衣装がありません。母には勘当された身であるため、曽我を頼ることが出来なく、こちらを頼りました。衣装を貸して頂けないでしょうか」と頼みました。

敵討ちは口にはしませんでしたが、遠平は五郎の思いつめた表情から真意を察し、衣装を与えただけではなく「何なりと欲しいものを言ってくれ」と、酒食のもてなしをし、楽しい時間を過ごさせてくれましたが、五郎は心から笑うことはありませんでした。

五郎と別れた十郎は、大磯の虎を訪ね、翌日曽我の館へと誘いました。

虎は曽我の館へ嫁に迎えてくれるのかと、一瞬喜びが脳裏を走りましたが、十郎の浮かない顔を不審に感じました。

十郎は五郎や母親と過ごした曽我の館の見納めと、懐かしい日々の思い出に浸る瞬間を虎と過ごしたかったのです。

庭の草木も、そして河津での思い出、曽我より、河津よりも大きく立派だった伊東の館・・・。

優しかった父親、優しく厳しかった祖父・祐親。二人共もうこの世にはいません。

懐かしい思い出が走馬灯のように、頭の中を駆け巡りました。

思い出に浸り微笑み、そして寂しげに曇らせる横顔。

不審を募らせ、声もなく見つめる虎でした。

そんな虎に、「着物を洗い仕立て直してほしい」と十郎が頼みました。「頼朝の供をし、富士野の狩りに参加する」と言うのです。

そして「それが終われば出家し、僧になりたい」と予想もしない言葉が飛び出しました。

「祖父・祐親は頼朝公に逆らったため、謀反人として自害した」こと。

「先祖の土地、財産はすべて没収された」こと。

「自分は曽我十郎・祐成を名乗ってはいるものの、自分の正体は頼朝に知られている」こと。

「武士として生き続けることは不可能だと思う」等々。

「狩りのお供をした後、出家し神仏に帰依し、亡き祖父や父の菩提を弔いたい」と話しました。

「狩りが終わった後、この曽我の里を再び訪れることはない。貴女ともお会いすることもこれが最後」だと言いました。

それを聞いた虎は「私も髪を剃り尼になります」と泣きながら話しました。

「お釈迦さまが出家された後、耶輸陀羅尼《ヤユダラニ》も出家されました。清和天皇が出家された後、麗景殿《レイケイデン》の女御も出家されました。花山法皇が出家された後、藤壺の女御も出家されました」と、十郎の知らなかった知識を披露しました。

「私はこれらの女御とは比べ物にならない下賤な遊女です。でも殿を思う心はこれら高貴な方々と変わりはありません。殿に身も心も捧げているのですから」と泣きながら訴えたのでした。

「これほど自分を思ってくれるのだから、秘密を漏らすことはないだろう」と、先の三浦与一の時と同様、五郎に比べ口の軽い十郎でした。

「自分が死んだ後、念仏で供養してくれるだろう」と考え、敵討ちの旅に明日出かけることを話してしまいました。

そして「あなたのような遊女が、貧しい祐成を心から愛おしいと、尽くしてくれたことに感謝している。あも世へ行っても忘れることが出来ない」と別れを告げたのでした。

生きて再び会うことが出来ないことを知った虎の驚きと悲しみは、筆舌に尽くしがたいものでした。

その姿を見た十郎は、脇差を抜き左の鬢（耳近く）の毛を切り取り「形見に」と渡しました。

そして今宵限りと、床に伏しましたが眠りにつくことが出来ず、夜を通して涙ながらに語り合ったものでした。

その時、虎の詠んだ詩です。

いた間より分かれて後の悲しきは誰に語りて月影を見ん

（あなたと共に屋根の板の隙間から見た月影をだれと見よというのでしょうか）

この詩から、月影の漏れる、雨水も防げない、粗末な屋根だったことが分かります。

厭うとも人は忘れじ我とても死しての後も忘るべきかわ

(あなたがもし私を嫌っていても、いやあなたは私を愛おしく思ってくれているから、貴女は私を忘れないでしょう。私も死んだ後、貴女を思い続けます) と十郎も返歌しています。

寝物語で詠まれた二編の詩がどのように今日まで残されていたのでしょうか・・。

夜も明け、別れの時刻が近づいたとき、いつまでも一緒に居られるようにと二人は肌着を取り換えたのでした。

十郎は、いつも虎の所 (大磯) へ通うのに使った葦毛の馬に虎を乗せ「人に見られないよう、大通りは避けなさい」と、永遠の別れを告げたのでした。

この時も十郎は詩を贈りました。

紅のふり出でて嘆く涙には袂よりこそ色まさりけれ

(血の涙を拭ったので、袂が先に血の色が濃く染まってしまった)

紅の恋の涙のいかなれば果ては朽葉と袖をなすらん

(血を絞り出して泣く恋の涙は、どのようにして袂を朽葉色に変えるのでしょうか)

これが虎の返歌でした。

慈しみあった二人の、永久の別れでした。

建久四（一一九三）年梅雨の時期で、空はどんより曇った朝のことでした。

大磯へ帰った虎は、その夜も眠れず

夜もすがら眺めてだにも慰まん明けてみるべき人の影かは

（せめて一晩中でもあなたを眺めていたいものだ　夜があけて別れたらもう会うことのできないあなたなのだから）

と嘆き続けたのでした。

6　兄弟　曽我の里を心に刻む

虎を途中まで送り、後ろ髪を引かれながら曽我へ帰ると、ひそかに五郎も戻っておりました。

二人は懐かしい曽我の里を脳裏に刻もうと、屋敷近辺を歩きました。そんな二人の姿を目撃した家臣や郎党たち誰一人、二人に話し掛けたり、家人に言いつたりする者はいませんでした。

十郎がかつて植えたチグサに蕾が出来ているのを感慨深く眺めていると、五郎が「兄者どうしたのだ」と聞くので「これは日ごろから育て親しんだ花なのだ。心を持たない花にも愛着を感じるものだ」と答えました。

「心の無い草木などはありません。お釈迦さまが亡くなられたとき、沙羅双樹をはじめ沢山の草木が嘆き悲しむ様子を見せたと言います。この草も別れを嘆いているに違いありません」と、十郎を慰めました。

7　五郎　勘当を許される

しばらく庭を散策した後、十郎は五郎に語りかけました。

「母上に自分たちの決意を知らせようと思う」

これに対し五郎は「兄上がこんなにも思慮の浅い人とは思いませんでした。死に向かう子供に『行ってらっしゃい』という母親がいると思うのですか」この言葉に十郎は返す言葉がありませんでした。

五郎は「と、言っても、母上から勘当されたまま死んでゆくことが気になります。『親不幸の罪はほかの罪業より重い』と聞いております。勘当の罪を母上からお許し頂くよう兄上からとりなして頂けないでしょうか」と頼みました。

「その通りだ。これから一緒に母上にお願いに行こう」と二人連れだって母の元を訪れたのでした。

母の前で十郎は、五郎の勘当を許してもらいたい旨、説得しました。

「親の供養は俗人でも僧でも変わりはないはずです。俗人の私も父上の供養を欠かしたことはありません。俗人でも善人は沢山います。僧の中に悪僧は数知れません。さて五郎のことですが、父上への供養として大人になっても女性と交わることを永遠に絶ち、法華経を唱える声はありがたく、いかなる罪も消えるほどです。母上様が五郎を勘当された理由を探しても、五郎の悪行は見当たりません。河津の父上も嘆いておられることと思います。どうか一言『許す』のお言葉を頂きたく思います」涙ながらに何度も懇願しました。

「お前に郎党（家来）を一人つけると思い、許します」と、勘当が許されたのでした。

自分は曽我へ嫁いだとは云え、幼い息子二人に敵討ちを命じたのは自分であり、亡き前夫への思いは兄弟と変わることはありません。

噂は千里を走ると云いますが、二人が狩り場、狩り場で、祐経をつけ狙っているとの噂は母の耳にも届いていたのでした。

しかし、二人は「敵討ち」との言葉は使いませんでした。「武士として、巻き狩りとはどのようなものか、見学に行きたい」と話しました。しばらくよもやま話の後「しばしの別れ」と旅立ちの杯を交わし、兄弟は屋敷を後にしたのでした。

母は十郎の供にと丹三郎、五郎には鬼王丸、ほかに下人三人を付けてくれました。この時、兄・十郎が表門から出ようとするのを、五郎が引き止めました。

「兄者、我らは死に行く身、もはや死人も同然。表門から出ることは憚られます。百姓が下肥を汲みにくる厠近くから出ることがよいと思われます」

「もっともだ」と十郎も思い、十郎を先頭に一行七人は、厠近く庭木の間を百姓たちが踏み固めた跡を辿り、街道へと歩を進めたのでした。

8　箱根権現で別当に別れを告げる

曽我の里から鎌倉へ向かうには、足柄山を通るのが近道ではありますが、五郎が「どうしても別当に別れを告げたい」と言うので、箱根を経由することになりました。

箱根への山道を登り、峠に差し掛かり「矢立の杉」へ到達しました。

この杉は古く文徳天皇の時代、天皇の弟・柏原の宮が東夷を鎮圧するため奥州へ攻めた時、権現に勝利を祈願し、この杉に鏑矢を射立てたとの故事が残されており。ここを通る武将たちによる同様の儀式が習慣になっておりました。

この「矢立の杉」の御霊が箱根の守護神として崇められていたのでした。

鏑矢というのは、先端・矢じりの後ろに穴の開いた卵型の角や木または竹の根を取り付け、射ると音が出るように工夫された矢を云います。

また「東夷鎮圧」との言葉も気になります。

文徳天皇は天長四（八二七）年から天安二（八五八）年まで在位した第五代天皇です。この平安時代前期には東北地方に残る「夷」を駆逐し、私たちの先祖である「和人」が住み着いたのでしょうか。

兄弟も「奉納しよう」とこの杉に矢を射たて、詩まで奉納しています。

玉鉾の道行きずりの杉の神手向けの弓に影を宿さん　十郎

（通りすがりに、杉の神に手向けた矢ではあるけれど、きっと神は祐経を討たせてくださるに違いない）

玉鉾の斎ひの杉の神なれば願ひの首を枝に懸けなん　五郎

（願いをかける矢立の杉の神であるなら祐経の首を枝に懸けさせてくれることだろう）

これが当時の信仰だったのでしょうか。相手の生首を枝に懸けさせてくれと祈っています。

9　供養の約束をする別当

箱根権現に着いた二人は、「敵を討たせていただきたい」と神仏に祈った後、別当に面会することが出来ました。

五郎が無断で権現を抜け出したことを詫びると、彼の心中を読み取っていた別当は、五郎の身の上を心配はしていましたが、優しく二人に引き出物を渡してくれました。

宝物殿より十郎には、源義経が奉納したという太刀、五郎には腰刀でした。

敵討ちに出かけ、相手を殺し、自分も死ぬであろうという二人への引き出物です。

これが神仏に仕える別当の「優しさ」だったのです。

十郎に与えた太刀は、源義経が所持していた名刀です。見知る武将がいるかもしれません。

自分の身を案じた別当は「決して別当に貰ったと言ってはいけない」「京の町で買ったと言いなさい」と釘を刺すことも忘れませんでした。

そして別当は、二人が死を覚悟し永遠の別れに来たことも知っており「来世のことは心配しないでください。私が十分に供養してあげます」と二人を安心させたのでした。

10　神仏を脅迫する別当

そして別当は、兄弟に本懐を遂げさせるため、ご本尊様を脅迫までしたのでした。

すなわちご本尊様を持仏堂に逆さ吊にし「兄弟が敵討ちを果たすまで元の位置に戻さない」と宣告したのでした。

11　数珠を揉んで祈願する五郎　三島神社

箱根から富士へ向かう途中、二人は三島神社へ立ち寄り、五郎は数珠を揉んで大明神に敵討ち成就を祈願しました。

現代を生きる筆者にとって理解し難い行為です。この時代の神仏融合の参拝形式だったのでしょうか。知人の葬儀の際、ごく普通のことと「香典」を差し出したところ、受付から拒絶されたことがありました。厳格な神式だったのです。故人が神になられたお目出度い儀式であり、紅白の祝儀袋での「御祝儀」でなければ受け取って貰えなかったのです。その際は受付の人から文房具屋を紹介され祝儀袋を入手しました。これは特殊な例だったと思いますが、神式では「玉ぐし料」仏式では「香典」が常識であり、数珠で神を拝むことはほとんどあり得ないことだと思います。

12　敵・祐経も「神仏の加護」を受ける

富士の狩り場へ到着した二人は、多くの参加者に驚きました。その中から敵を探し出すことはほとんど不可能に思われましたが、十郎が全くの偶然にも祐経に接近しました。

数頭のシカを追って祐経が近づいて来たのです。

木陰に身を潜め、そんな祐経に狙いを定め、少々移動しようとした時、馬がツツジの株に左足を取られ転倒、落馬してしまいました。

神仏の加護により祐経は、落馬した十郎には気づかず、三頭もの鹿を仕留めたのでした。

この時、敵・祐経も神仏の加護により命を取り留めたというのです。神仏にも祐経派と兄弟派とがあったのでしょうか。

落馬した十郎こそ、命拾いしたのですから、神仏の加護を受けたと云えるのではないでしょうか。

13 富士の巻き狩り

数日間、富士の裾野を舞台に狩りが行われましたが、締めくくりとして頼朝は最後の三日間、大名達を四十の班に分けそれぞれ獲物の数を競わせました。

家臣、郎党さらに下人で構成された勢子たちは、それぞれの上司が待ち受ける場所へと獲物を追い立てました。

獲物はすべて弓矢で仕留める競技でした。

最後の日の夕暮れ、頼朝の前で、頭数が披露され、順番に褒章が授けられたのでした。

この時報告された獲物（すべて鹿）の総数は百三十三頭でした。

狩野小太郎、中宮三郎、稲毛三郎、江戸小太郎の組がそれぞれ五頭を仕留め栄誉に輝きました。


この巻き狩りのため、麓の林の中に、頼朝の本陣（井出の館）、そして大名たちの宿所としての屋形郡が、まるで市街地のような家並みが準備されていました。この街並みを「狩宿」と云います。

頼朝の館の周りには侵入を防ぐための、小柴垣が二重に巡らされ、四方に門を立てそれぞれ扉をつけ、その門から小路をつけ、その両横に頼朝を守るよう大名たちの屋形が並んでいました。

屋形の数は数十軒、そのほか身分の低い人々は布幕や草で雨をしのぐ粗末な小屋を作り、さらに下人は、木の枝等を枕に地面に横たわるのでした。

これだけの家並みを作らせた頼朝の権威とそれに従った大名たちの苦労が窺えます。

そして厳しい身分差を見せつけられます。

この頼朝の本陣跡が富士宮市上土井に復元されています。

狩りの間、敵をつけ狙っても空しく時間だけが過ぎます。夜間、眠っている相手を襲撃しようと考えた十郎は、祐経の屋形を苦労し探し当てることが出来ました。

大名の中には密かに協力してくれる人もいました。以前から親しくしていた者や、兄弟の境遇を我がことのように考える一族の者もいたからです。

食糧等の協力も受けていました。

頼朝の本陣跡（現・井出家）

14　音止まりの滝

念力で滝の音を止める五郎

勝気な五郎は祐経を追い求めていましたが、夜間の襲撃を決意した十郎は、丹三郎と鬼王丸に命じて、巻き狩りの為にだけ造られた街並み・狩宿近くの「大きな岩陰」へ五郎を呼び寄せました。

「曽我兄弟の隠れ岩」と呼ばれています。

ここは、富士からの湧水が山肌を何本もの糸のように流れ落ちる滝の近くです。**（後の世に白糸の滝と呼ばれています）**

決行が可能なのはこの夜だけです。「どうしても今宵」との決意を話しました。

五郎も兄の意見に賛同し、細部を話し合おうとしましたが、滝の音が邪魔して相手の言葉がよく聞きとれません。

「白糸の滝」横にある大きな滝が轟音を響かせていたのです。

すると五郎が「南無大権現。なにとぞ滝の音を静まらせ給え」と必死に念じました。

その祈りが天に通じたのでしょうか。滝の音がピタリと止まりました。

祐経の寝所へ忍び込む手順、そして狙う相手は祐経一人であること、できる限り殺生は控えること等々打ち合わせることが出来たのでした。

隠れ岩

音止まりの滝

二人とも、今宵限りの命と覚悟を決め、父の敵を討ち、世に名だたる名峰・富士に屍をさらすことこそが、後世に名を遺す名誉と考え、二人同じ場所で骸になる方法まで話し合ったのでした。

丹三郎、鬼王丸の二人もこの場所で、兄弟二人の話、特に敵討ち後の死についての計画を、聞いていました。しかし涙することもなく、むしろ誇らしくさえ感じていました。

当時武士社会では、親の仇を討ち、自らの命を落とすことは、美談とさえ考えられていたのでした。

「祈りで滝の音を止めることが出来た」全く信じられない話ですが、この故事に因んで、白糸の滝に並ぶ大きな滝を「音止まりの滝」と名付けられ、兄弟が隠れ、密かに話し合った岩を「曽我兄弟の隠れ岩」と名付けられています。

白糸の滝

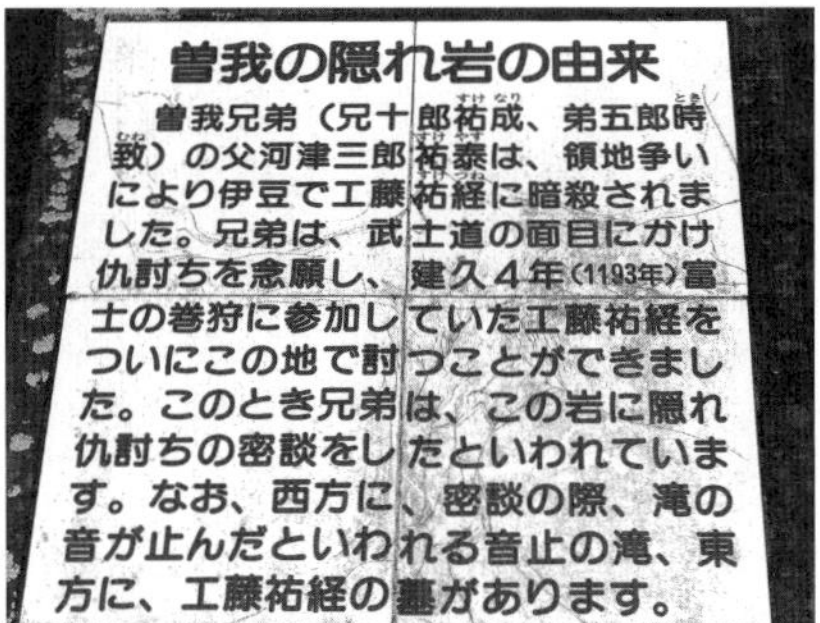

由来の看板

15　決行直前　酒を振舞われ激励される兄弟

兄は密かに祐経の屋形、そこへの進路を探り、小屋へ帰ると「空腹では力が出ません」と弟が訴えました。

そこで二人は、信頼できる和田義盛の屋形を訪ね食事を無心しました。

和田義盛は兄弟に食事だけではなく酒もふるまいましたが、息子の朝比奈四郎左衛門がさらに酒を進めると、父・和田義盛が「これ以上進めない方がよい。この方々は大望を果たさなければならない。今宵でなければ本懐は遂げられない。酒盛りはこれまで」と、送別の宴を打ち切ったのでした。

二人は、密かに和田の屋形を抜け出し、歩を進めると畠山重忠に見つかり「空腹ではないか」と尋ねられ「和田殿の世話になりました」との答えも待たず屋形へ連れ込まれ、酒の接待を受けました。

ここでも畠山は「今宵をおいてはいつ敵討ちができるか分からない。助太刀に家臣を送りたいが、二人だけの方が目に付き難く都合がよいと思う。私は見て見ぬふりをするが、本懐を遂げることを祈っている」とまで言って送り出してくれるのでした。

16　最期に「藤原」を名乗り遺書を残す兄弟

畠山の屋形を出る前、兄弟は母への手紙・遺書を認めたのですが、彼らは苗字を曽我でもなく河津でもなく「藤原」を名乗っているのです。

「氏《ウジ》」の源流は名誉ある「藤原」だと確信していたのでしょうか。そして、内容にも興味がもたれます。

長々と書いた最後の部分に

たらちめははかかれとてしも育てけん我が身は野辺の土となるかな

と詩《ウタ》を書き残しています。

「母はこんなことになれと思い私を育ててくれたのでしょうか、私は野原の土となって朽ちてしまうことです」と言う意味でしょうか。少々恨みがましい詩に思えるのですが。

そして署名として「藤原祐成　生年二十二歳　建久四年五月二十八日　駿河国富士山の麓、井出の屋形において」と書いています。

さらに興味深いのは追書きに

「七年の間、毎朝唱えた六万遍の念仏の功徳を、母上さまの来世の供養のために進上します。これを生前に母上様の積まれた善行として、あの世で極楽に生まれ変わる機縁となさってください」と記されていることです。

弟も最後の部分に

思はずよ花の姿を引き換えてあらぬ形見を残すべしとは

と詩を残しています。

「思いもしなかったことです。花の盛りの若い身空で死んで、形見を残すことになろうとは」と生への執着も見せています。

そして兄同様「藤原時致　生年二十歳　建久四年五月二十八日、駿河国富士の麓で、慈父への報恩のために命を捧げる」と書き、追書に

「十六歳のときから毎日唱えた六万遍の念仏の功徳を、母上さまの来世の供養のため進上します。これを生前に母上さまの積まれた善行として、あの世で極楽に生まれ変わる機縁としてください」

二人とも命を失うことを喜んではいません。

そして「念仏の功徳」とか「善行の功徳」がやり取りできるものと考えていたのでしょうか。まるで現在のポイント制を思わせます。

この遺書は「最後まで供をしたい」と願う丹三郎、鬼王丸の二人の郎党を説得し曽我の館にいる母親に届けさせました。

丹三郎、鬼王丸の二人は、いつの間にか下郎から郎党に出世？していました。

丹三郎、鬼王丸の二人は兄弟と共に敵討ちを手伝い、最後には討ち死にをと覚悟を決めていたのですが、兄弟は「自分の供養をするよう」出家し、僧になることを命じたのでした。

主の命には従わざるを得ないのが家臣の務めでもありました。

17　兄弟祐経を討ち果たす

身支度を整え、祐経の屋形へは難なく侵入できました。狩りに参加した武士や郎党たちは、疲れと酒のせいで皆眠りこくっていました。

布障子の傍に畳を積み上げその上で、祐経と遊女はほとんど裸の状態で深い眠りに陥っていました。遊女には着物を掛けそっと下へ兄弟で抱きおろしましたが、二人とも全く気づきません。

眠っている祐経を刺し殺すことは簡単でしたが、それでは武士として「卑怯」との誹りを免れません。

「寝入っている敵を討つことは出来ない。起こしてしまおう」と、十郎は「これ祐経殿。これほどの大敵を持ちながら、だらしなく寝入っているとは何事か。起きろ」と叫び、祐経の肩を刺したのでした。

これまで神仏の加護を受けていた祐経でしたが、酔いつぶれた祐経を神仏も助けることが出来ませんでした。

肩を刺されやっと目覚めた祐経が枕元の刀を引き寄せたところを、兄弟二人がそれぞれに切り付け昔年の思いを遂げることが出来ました。

最後の止めは、五郎が手にした祐経に与えられた、赤柄の短刀でした。

これで兄弟の長いながい願いは終わりを告げたのでした。

第九章　『曽我物語』の終章

1　十郎　新田四郎・忠経に討ち果たされる

この場で「二人そろって命を落とす」と覚悟は決めてはいましたが、まだ成すことが残っていました。

「決して鎌倉幕府への謀反ではない」ことを証明しなければなりません。曽我家へ迷惑をかけてはならないからです。

弟が頼朝の館へ突入し釈明すること、兄がその血道を開くことが話し合われていました。

そんな二人の前に立ちはだかったのが新田四郎・忠経でした。

周りに多くの武士はいましたが、狩りの最期の晩であることの気のゆるみから深酒し、まともに戦える者はほとんど居ませんでした。

新田四郎・忠経は兄弟と親しく、兄弟の望みをかなえるべく待っていたのでした。

忠経も兄弟二人の命がここで終わるべきだと考えていました。

五郎が頼朝に近づくまで十郎と戦い続け、最後にはあの世へ送り届けようと覚悟していました。

十郎も同じ考えです。二人は声を掛け合いながら、見かけは激しく打ち合いました。

周りの者も手が出せないほどの激しい打ち合いで、忠経は鬢を切られ、十郎は肘から出血するほどの切り合いが続きました。

そんな時、一人の侍がすっと近づき十郎の右腕を切りました。これでは十郎は戦えません。

「これまで」と忠経は十郎の左肩から右胸にかけて切り下げました。

十郎は「五郎。鎌倉殿に、敵討ちは終わったと伝えてくれ」と最後の声を振り絞り、念仏を唱えながら息切れたのでした。

2　五郎捕縛される

十郎の最期の声に五郎は、兄に近づこうとした時、抜刀した侍たちに二重三重にも取り囲まれていることに初めて気づいたのでした。

箱根権現で稚児としての修行を積んだ五郎です。無駄な殺生はしないと決めていました。切りかかる相手の刀は弾き飛ばし、または峰打ちで相手を怯ませ、道を開くことのみに集中していました。

周りを取り囲む侍たちも、五郎の凄まじい迫力に圧倒されていました。

頼朝がいる屋形への通路に、掛けられた布製の幕を潜り抜けた時、大柄な一人の女性が目に入りましたが、抜刀した侍たちに心を奪われていました。

油断でした。女に変装した五郎丸という怪力の童に取り押さえられてしまったのでした。

次々と侍たちがとびかかり、自由を奪われ後手に縛り上げられてしまいました。

大変な騒ぎを聞きつけた頼朝が刀を片手に「何事か、自分の近くへ狼藉者を近づける不甲斐ない奴らめ」と、近くの家臣を叱りつけながら現われました。

このままでは、五郎は頼朝に切られてしまいます。

兄弟の目的を知っていた大友左近将監・能直が「殿は、日本を治められるお方です。取るに足らない私事に、お手を下されてはなりません」と諫めてくれました。

言下に「謀反ではなく私事」だと、兄弟の行為を伝えてくれたのでした。

その晩五郎は、厩の柱に縛り付けられ朝を迎えました。

翌朝、縄に縛られたまま頼朝の前へ引き出されました。

この姿を見た一人が「武士に縄目の恥をかかせるのは気の毒だ。縄をほどけ」と言いましたが、五郎は「これは敵討ちを成し遂げた者への、仏による極楽への導きの縄だ」と解かれることを拒否したのでした。

頼朝は取り調べの中で、五郎の男らしい決意に感動し、罪を許すどころか「召し抱えよう」とさえ言葉に出したのですが、これも五郎は拒否しました。

また祐経の嫡子・犬吠丸も頼朝の小姓として同席しており、棒切れで五郎をしたたか殴りつけ「絶対に許さない」と喚きます。

これを見た梶原景時が「工藤祐経殿の嫡子・犬吠丸をご覧ください。まだ弟も伊東の荘におります。彼らが成人したら、敵討ちの連鎖が始まります」と意見を申し述べました。

これで五郎の死罪が決定したのでした。


この梶原景時のせりふが気になります。「伊東の荘」と言っています。『曽我物語』では曽我兄弟が、父の仇・工藤祐経を討ったことになっております。祐経は、伊東の本流を祐親に横領されたとの恨みと伊東を取り戻すべく、祐親親子を狙い息子の河津祐泰を射殺したことから始まりました。

平家方の祐親が、戦に敗れ自刃したことにより、祐経は伊東の荘を取り戻しています。そして、伊豆・伊東家の五代目を名乗っています。

敵討ちに会った時、すでに「工藤」ではなく「伊東」を名乗っていたのではと、考えます。

3　無残な五郎の最期

死罪決定後すぐに、五郎は中庭へ高手小手に縛られ引き出されました。

この模様を見た頼朝は「縄を解け」と命じました。

五郎は姿勢を正し「硯、筆、紙が欲しい」と願いました。

与えられると筆を手に、四方を見回し考える様子を見せていましたが、やがて次の詩を書きつけたのでした。

故郷に母はあり仲夏の涙　冥途に友なし中有の魂

続いて

富士の峯の梢も淋し故郷の柞《ハハソ》の紅葉いかが嘆かん

前の詩は「故郷に残した母を思って、この真夏、涙の汗を流している。冥途への友も無く、魂は空をさまよう」という意味で、後の詩は「富士の梢に枯れ落ちる葉も淋しいが、それにつけても思われるのは、故郷の母は私のことを知ったらどれほど悲しむだろう」と解釈されています。

この二首から長年「敵討ち」の瞬間を待ち望んでいた「達成感」は読み取れません。

そして、五郎は最期を迎えることになりました。

犬吠丸の希望により再び縄がかけられ、犬吠丸の郎党・平四郎が首を刎ねることになりましたが、平四郎は幼い時から親しんでいた五郎を打つことが出来ず、筑紫仲太がとって代わることになりました。

この時、筑紫忠太は土地争いの裁定を頼朝に求めていました。

頼朝の歓心を得ようと、自ら首を刎ねる役を買って出たのでした。

犬吠丸にとっては憎い敵のはずです、犬吠丸を喜ばせ頼朝に褒められようと、刃を石にこすりつけ、切れ味を悪くした刀で、五郎の首を鋸で挽くように残忍に切り落としたのでした。

この残忍な光景を見せつけられた人々は、みな嘔吐を禁じえず、五郎の成仏を願い念仏を唱えたものでした。

建久四（一一九三）年五月二十九日、午の刻（正午前後）のことでした。

頼朝は十郎に続いて、五郎の首実検の際あまりにもむごたらしさに、驚愕し激怒しました。

一旦は「自分の家臣にしたい」とまで思った五郎への仕打ちです。

この無残な行為の実行者を知ると「筑紫仲太の首も同じように擦り首にせよ」と命を下しました。

頼朝の下命を知った忠太は、いち早く逃げ出し、故郷の筑紫へ帰りつきましたが、毎晩五郎の祟りにうなされ、悶え苦しみ、帰着後七日目に狂い死にしてしまいました。

筑紫仲太の故郷は筑紫・福岡県です。

頼朝の勢力が九州にまで及んでいたことは分かりましたが、静岡県の富士宮から九州の福岡までどのような交通手段で逃げ帰ったのか資料は見当たりません。

この敵討ちで館への乱入事件は、目的はともかく、「謀反」には違いありません。頼朝の寝所近くまで五郎を入り込ませたのですから。

しかも、警備する者に死者が一人も出なかったことは、警備陣の不甲斐なさを物語っており、頼朝に不安感を持たせました。

この戦いで傷を負った者全員を集め、梶原景時に傷を確かめさせました。

殆どが肩、背、腰のあたりに、浅い切傷や、軽い打撲を受けた者達ばかりです。身体の前面の傷ではありません。

頼朝は、これら怪我人を、逃げようとして浅手を負わされた者ばかりだと判断したのでした。

身体の前面に傷を負った者は、十郎と死闘を演じ重傷を負った新田四郎・忠経のほか数名しかいませんでした。

頼朝は身体の前面に傷を負った者に「勇者の証」として褒章を与えて落着をみました。

4　戦前の国定教科書にも美談として掲載

昭和三年発行の国定教科書・『尋常小学国語読本　巻四』に「父　が　うたれて　から十八年目にめでたく　のぞみ　を　とげました。」と、文部省はめでたい出来事だったと、全国の子どもたちに教えています。

多くの血を流した、この出来事は「美談」ではなく「悲劇」であったと筆者は考えます。

第十章　『曽我物語』その後

1　母と虎は尼になる

頼朝は、十郎と五郎の首を「足高器」に入れ、「懇ろに葬るように」と曽我の館へ届けさせました。渡された母は「足高器」にしがみつき嘆き悲しみましたが、いつまでもそうさせておくこともできず、周りの者の手によって、茶毘に付されたのでした。

義父・曽我祐信は鎌倉まで呼び出され「曽我の荘の年貢を免除する。懇ろに二人を供養せよ」と命じられました。

義理の息子が謀反を起こしたのですから、てっきり「お咎めを受ける」と覚悟していた祐信は頼朝の慈愛に満ちた「お心に接した」と感激に震えたのでした。

これこそが頼朝の狙いでした。

頼朝にとっては家臣の歓心を一身に集め、自分を中心に鎌倉幕府を一つにまとめる方策の一つにすぎません。

首以外の遺骸は、兄弟の従弟にあたる宇佐美禅師と云う僧の手によって、現場近くの富士野で、手厚く荼毘に付されていました。

「曽我兄弟の墓」が数か所に現存する理由の一つかもしれません。

丹三郎と鬼王丸によってもたらされた、遺書、遺品によって、兄弟の行動と本心を知った母親と遊女・虎は嘆き悲しみ、二人で懇ろに供養した後、二人とも、箱根権現の別当を戒師として、髪を剃り出家し、尼になりました。

丹三郎と鬼王丸も出家し僧になり、生涯兄弟の菩提を弔い続けたのでした。

2　『曽我物語』の原作者は遊女・虎？

十郎と愛し合った遊女・虎が尼になったことが『曽我物語』誕生のきっかけであり、虎こそが原作者だったのではと筆者は考えます。

虎は箱根権現で剃髪した後、愛しい人の菩提を弔い、神仏に極楽往生を祈り続けました。

十郎との思い出の地や寺社を巡り仏の教えを学び、広めることを生き甲斐に「唱導家」への道を歩みました。

「唱導家」とは、仏法をふし（曲）をつけて唄うように説く語り部を云います。

虎は「敵討ちは親孝行」であり、「親孝行は善行」であり「仏の教え」であると、節をつけて語りました。

恋しい十郎の行為を美化し、自分の悲恋と重ね合わせ、涙ながらに唄いました。

出家した後、虎は十郎ゆかりの地である井出の「狩り宿」近くに建立された、兄弟を祭神とする曽我八幡宮に七日間籠り、冥福を祈り続けました。

この神社を退出するとき、次の詩を詠みました。

出で行く跡ぞ恋しきふじのねのこのもと神の一人ふしとは

「ここを立ち去る跡が恋しいのです　あなたが富士の裾野の木の下に神と祭られ、一人で鎮座されているのですから」

曽我八幡宮

社の中から、懐かしい十郎の声・返歌が返ってきたのでした。

出でてゆく跡を見るにも馴れ染めし昔の人の袖の香ぞする

「お別れするあなたの後ろ姿を見送った時、親しくしていたあなたの袖の香りが漂ってきました」

十郎の声を聞いた虎は、再び神社に留まり、七日七晩、念仏に没頭しました。

建久四（一一九四）年のことでした。

ここにも物語と時系列に矛盾を見せます。

この「曽我八幡宮」は曽我兄弟の鎮魂を願って、建久八（一一九七）年、頼朝の命令で建てられています。

建立される三年も前の、神社での体験だと云うのです。

この時虎は、死者の魂と話し合う能力を持つことを悟り、「口寄せ巫女」として活動を始めたのでした。

十郎の声を聞いたと主張できるのは虎以外にはいないのですから、この物語の創作者は元遊女の虎だと考えるのが妥当ではないでしょうか。

この「曽我兄弟の話」が箱根や伊豆の寺社から、さらに各地の寺社へ出入りする巫女や、口寄せ巫女などによって、姿形を変えながら、次第に史実とフィクションの集合体である「曽我物語」へと成長し『吾妻鏡』などに文書化され、瑠璃や歌舞伎の外題としても今日まで残されたものと考えます。

3　「曽我八幡宮」近くに「祐経の社《ヤシロ》」

曽我八幡宮から北西約一キロメートル、工藤（伊東）祐経の遺体が埋められたという場所に社が建てられ、曽我兄弟同様、祐経も神として祀られています。

筆者が訪れた際にも新鮮な花が手向けられていました。

祐経の社は、菅原道真を祀る天満宮の思想が受け継がれたものと考えます。

菅原道真は、朝廷内の同僚からの讒訴《ザンソ》によって大宰府へ左遷され、その地で没しました。延喜三（九百三）年のことでした。

直後より、天変地異が多発し、道真の恨みの為せる業と、慄いた為政者により太宰府天満宮が建立され、「天神様」として崇めることにより、天変地異も収まったと云われます。（概略です）

その後、日本各地に天満宮が建立され、ご利益を授かる神として、特に「学問の神様」として信仰を集めています。

祐経も「恨みを抱いて殺された」と、祟りを恐れた人々によって神として祀られたものと考えます。

「祐経神様」を信仰すると、具体的にどのような御利益が授かるのか、子孫である筆者にも分かっていません。

争いの無い世界と、わが飯地・伊東家（後述）の存続、そして体調の思わ

祐経の社

しくない自分の健康を、子孫として祈るばかりです。

4　伊豆・伊東家のその後

工藤祐経は、曽我兄弟に討ち取られる以前に伊東の荘を取り戻し、伊豆・伊東家の五代目を名乗っていたであろうことはすでに述べました。

曽我兄弟に討ち果たされたのは、「工藤祐経」ではなく「伊東祐経」であったはずです。

その嫡子・犬吠丸が、曽我五郎の処刑を望んだことも書きました。

その後犬吠丸は、頼朝が烏帽子親となり伊東家の六代目として、祐時を名乗っています。

よほど頼朝から可愛がられたのか、日本全土に二十八か所の領土を与えられ、倹非違仕の職責と九州・日向の地頭職を命じられています。

さらに従五位上の身分まで与えられています。

一見満帆な出世に見えますが、そうではありませんでした。

頼朝に寵愛されたことを喜び、長男に祐朝《スケトモ》と名付けたことでした。

尊敬する頼朝の「朝」の字を、「祐」の後に付けてしまったのです。「朝祐」ではなく。

何故かはっきりしませんが、頼朝がこの事実を知ったのは、よほど時間が経ってからのようです。面白くない頼朝は、この祐朝を嫡男と認めませんでした。

もう一つ頼朝にとって面白くない事実がありました。祐時の妻、即ち祐朝の母親が祐親の孫娘だったことです。

頼朝にとって祐親は息子を殺し、自分の命まで奪おうとした最も憎い相手です。

一方この婚姻は、伊東家にとって『曽我物語』の遺恨・本流争いを収める苦肉の策でもありました。祐親派と祐経派の和解を模索したものでした。

頼朝から嫡男として認められ、伊東家の七代目を継いだのは、別の母親から生まれた祐時の七男・祐光でした。この時、祐時には十一人もの男子がありました。

残念ながら伊東家の内紛はこれで収まったわけではありません。

本書では触れませんが、日向の地頭職に任じられた祐時は、自ら日向へ出向くには多忙すぎました。自分の息子たちや一族の者を代官とし日向へ送り、自らは伊豆に留まり、倹非違仕の仕事に打ち込んだのでした。

約百五十年の時が流れました。政局も鎌倉幕府から室町幕府へと変わりました。

室町幕府の足利尊氏から「代官ではなく、直接日向を

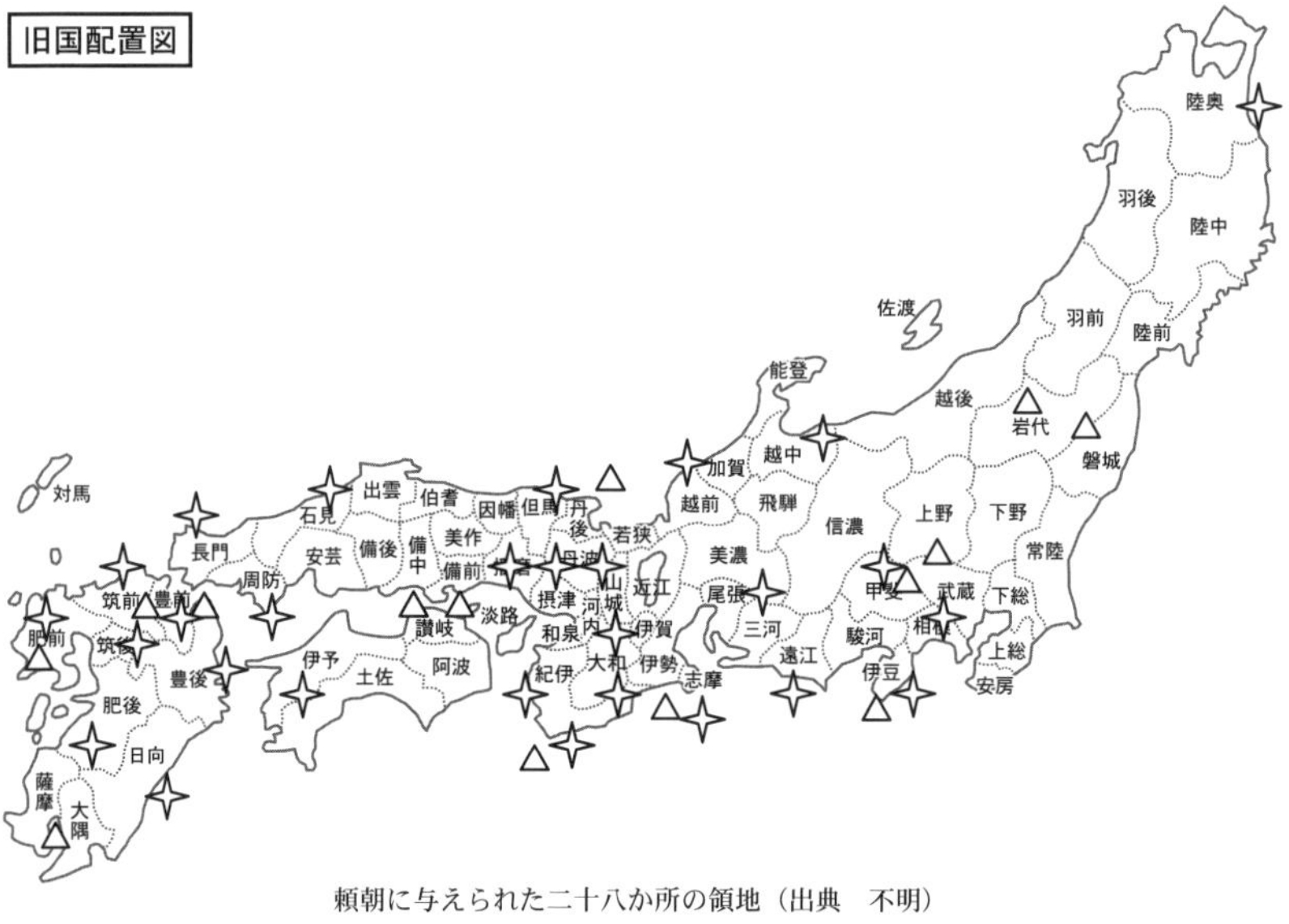

頼朝に与えられた二十八か所の領地（出典　不明）

治めよ」と都於《トノゴオリ》（宮崎県西都市）に土地を与えられ伊豆から日向への移動を、伊東家十代目祐持が命じられたのでした。

六代目が地頭職を命じられ、実際に日向へ着任したのが十代目、その間約百五十年もの歳月が流れていました。

伊東祐持が、伊豆・伊東家十代目であり、日向・伊東家の初代となったのです。

祐持によって伊豆・伊東家は日向へ移動したのでした。

因みに平成二九（二千十七）年一月現在、静岡県伊東市の電話帳に記載された伊東家は十八軒でした。

百五十年も前から、日向の地に根を張った、祐時の息子達それぞれの子孫が、それぞれの領地を支配していました。

彼らも伊豆から日向の地へ渡り、多くの血を流し、それぞれの領地を確保し、増やしていました。

これら日向の地に根を張った一族の者たちと「伊東家本流」を名乗る新参者との間に諍いが起こったことは想像に難くありませんが『曽我物語』の項はここで閉じることにします。

後書き

1　過去に学び　殺し合いのない世界を

筆者は『曽我物語』の敵役・極悪非道な工藤祐経の末裔だと考えられています。

学校では生物学を学び、野生動物の生活に興味を持ちました。

国内、東南アジア、南米、アフリカ諸国で観察を続け、人間以外の動物には同種間での殺しを目的とした争いは存在しないことを知りました。

人間同士の殺し合い・戦争に違和感と危機感を持ち、伊東家の恥部ではありますが、あえてこの書を執筆しました。

『曽我物語』には、勝者も敗者もありません。「親孝行」でもありません。

「悲劇」以外の言葉は見つかりません。

このように日本人同士、一族間でも多くの血が流されたのが戦国の世でした。

いや日本の戦国時代だけではありません。日本の歴史、世界の歴史は「戦争の歴史」だと言っても過言ではありません。

幼少期、戦時中の大阪で過ごした筆者は、昭和二十（一九四五）年八月、間近にB29爆撃機から投下された焼夷弾で、焼け死ぬ知人の模様を臭いと共に忘れることが出来ません。

それ以来、日本は戦争に巻き込まれたことは一度もありません。

世界で一番平和で安全な国だと云われています。

これまで、南スーダン等、各国の戦闘地へ「ＰＫＯ」の名のもと、多くの日本人が派遣されましたが、（二〇一七年三月現在）一人の犠牲者も出ていません。

相手方兵士にも日本の「平和憲法」が知れ渡り、日本人は戦闘要員ではないと信じられているからに他なりません。

最近、生臭い風を感じることが多くなりました。

戦争の愚を知り、現行憲法を作った先人の英知を守り続けることが、私たちの務めであると痛切に感じるこの頃です。

2　『曽我物語』と筆者

三十（実質二十六）代目の子孫

筆者の戸籍上の氏名は、伊東祐朔《ユウサク》と申します。

我が家では、飯地《イイチ》伊東家十四代五郎右衛門・祐朔と名付けられています。

岐阜県恵那市飯地町、標高六百メートルの山の中に、環境とは相応しくない大きな家屋敷の当主と云われ、次の十五代目にバトンタッチするまでの、管理保全に責任を強いられています。

この家（和風建造物）の調査に、文化庁、岐阜県と恵那市の教育委員会、そして名古屋工業大学等から専門家が訪れられ、ほとんど異口同音に「なぜこんな山の中に、このような建物があるのかその歴史を調べるように」と言われたことが始まりでした。

徳川と豊臣、関ケ原の戦いでの敗軍将《ハイグンノショウ》の隠れ家であったことが分かりました。

我が飯地・伊東家の前が、日向・伊東家であり、その前が伊豆・伊東家へと遡ることが出来ました。

日向伊東家・飫肥城主の子孫が豊臣方であった事実、そして有名なキリシタン（別著：『嵐に弄ばれた少年たち』）であったことは、徳川の時代、不都合であり、表の歴史から抹殺されています。

筆者から一人ずつ先祖を遡ると、二十六代前の「御先祖様」が工藤祐経であっただろうことが判明してしまいました。

飯地・伊東家

3　「家系図」って何だ

「君の家には家系図はあるのか」と聞かれたことがあります。

徳川の時代、各大名たちは将軍に「家系図」を披露することが習慣（義務？）になっていたようです。「高貴」な家柄を誇示するため、家系図の偽装工作も時代小説に登場しました。

家柄の誇示以外、家系図にはどのような意味があるのでしょうか・・・。

確かに伊東（工藤）祐経から筆者まで一本の線で繋ぐことは可能です。

しかし筆者には父母がいます。その父母にも父母が・・・と二十六代前の「御先祖様」は六千七百十万八千八百六十四人になります。

筆者を起点に二十六代前のご先祖様へ、これだけの数の系図を書かねばなりません。（二十六代前のご先祖様、お一人お一人から筆者までの系図も同数です）

この数は、両親、そのまた両親と数えました。一般に言われる系図は家長から嫡子へ、そのまた嫡子へとつながっていますので、半数で良いものと思われますが、それにしても莫大な数で、とても筆者の手には負えません。

（この際、筆者にとってどうでも良い話ですが、表面上筆者は工藤祐経から三十代目と数えられます。しかし日向伊東家の八代目、九代目、十代目は兄弟です。筆者との関連は八、九代目を除外します。同様に飯地伊東家では三代目が夭折し、三代目の嫡子が幼君であったため、家臣が後見役として名目上の四代目を名乗り、三代目の嫡子を五代目として養育していますので、実質四代目は空白です。同様に十一代目も空白に

しました。このように三十から四を引いて二十六代目としました)

これだけの数のご先祖様の遺伝子が、筆者に伝えられているのでしょうか。

筆者に伝えられた伊東（工藤）祐経の遺伝子は六千七百十万八千八百六十四分の一に過ぎません。限りなくゼロです。

歴史的事実を記録することは重要だとは思いますが、「家柄」を誇示する「家系図」には科学的意味を見出すことは出来ません。

一方、筆者が『曽我物語』敵役の子孫であることも否定できないようです。

4　筆者に理解できないこと

菩薩様とは

「敵の首を、墓前に供えないと　父上は成仏できない」との台詞に何度か出会いました。

一方曽我兄弟は、「曽我八幡宮」に応神天皇と共に、相殿（副神）として祭られています。

全国の八幡宮には応神天皇が、八幡大菩薩として、祭られています。

観世音菩薩、地蔵菩薩等々、「菩薩」の名の信仰対象は数多く存在します。

「菩薩」とは、仏になるため修行中の者を指す仏教用語だそうです。まだ仏になる前の修行中の存在なのだそうです。

これら菩薩様は、今後何年ぐらいしたら仏様に出世されるのでしょうか・・・？

勿論、仏様の最高者はお釈迦様です。

そしてもう一つ気になることは、お寺などで目にする、仏様や菩薩様を守る神々が武器を構えていることです。武器は殺しの道具です。

心の平穏を願う場での、恐ろしい顔で武器を構える像に違和感を覚えました。

日本神道の「八百万《ヤオヨロズ》の神」には共感を覚えます。太陽の神、山の神、風の神、地の神、水の神等々、自然崇拝です。

私たちは自然の恵みが無くては生きることが出来ません。

自然を敬う心はいつまでも持ち続けたいものだと、切に思います。

筆を置くにあたって

1 参考文献

『曽我物語』葉山修平訳・西山正史監修（勉誠出版）
「地歌舞伎の脚本」（作者不明）
『豊臣方落人の隠れ里』伊東祐朔

その他多数（後述）＊

2　ありがとうございました

拙い、駄文の為に序文をお寄せいただいた、岐阜大学の近藤真教授に心からのお礼を申し上げます。

＊参考文献の項で書くべきだったかとも思いますが
伊東市教育委員会。伊東市観光協会。伊東市観光案内所。

河津町観光協会。

富士宮市観光協会。

以上職員の方々から、関係史跡への案内や、資料の提供を受けました。地元では肥田敏雄氏、柘植建蔵氏、楠捷之先生にお世話になりました。ありがとうございました。

関連史跡歴訪の際、病後で体の不自由な小生を支え、同行してくれた妻・恭子にも感謝の意を表します。

最後に、この駄文を望外の書籍に作り上げてくれた「自然環境保全」への志を同じくする、日之出印刷社長・沢島武徳氏にお礼申し上げます。

その他、多くの方々からご協力や、励ましを頂きました。

心からのお礼を申し上げます。ありがとうございました。

本文と写真との間に八百年以上の時差があることをお断りしておきます。

1 伊豆・伊東家代々

初　代　伊東祐隆（全国「伊東」家の開祖、通字を「祐」と定める

二　代　伊東祐家

三　代　伊東祐継

四　代　伊東祐親（嫡男・河津祐泰は相撲カワズ投げの開祖　曽我兄弟の父親）

五　代　伊東祐経（工藤祐経『曽我物語』の敵役と同一人物）

六　代　伊東祐時

七　代　伊東祐光

八　代　伊東祐宗

九　代　伊東貞祐

十　代　伊東祐持（足利幕府の命令で日向へ）日向・伊東家の初代と同一人物

2 日向・伊東家代々

初　代　伊東祐持（都於城城主）

二　代　伊東氏祐（足利尊氏より「氏」を偏諱）

三　代　伊東祐安

四　代　伊東祐立《スケハル》

五　代　伊東祐尭《スケタカ》

六　代　伊東祐国

七　代　伊東尹祐《タダスケ》（足利義尹より「尹」を偏諱）

八　代　伊東祐光

九　代　伊東祐吉

十　代　伊東義祐（足利義晴より「義」を偏諱）日向四十八城の主　従三位（三位入道として栄耀栄華）　島津との戦いに敗れ全ての城を失う　浪人中に逝去

十一代　伊東祐兵《スケタケ》（初代飫肥城主）島津に敗れ浪人中羽柴（豊臣）秀吉に拾われ城主に復帰

関ケ原の戦いで息子二人を豊臣方（祐寿《スケヒサ》）と徳川方（祐慶《スケノリ》）に分ける
敗れた祐寿は岐阜県八百津の稲葉城に匿われる
稲葉城廃城の後、祐寿の嫡男・祐利は苗木藩に匿われ、飯地へ
飯地に隠棲した伊東祐利は伊東と「祐」を隠し「百姓・五郎右衛門」を名乗る
十二代　伊東祐慶（二代目飫肥城主）
十三代　飫肥城主三代目以降省略

3　飯地・伊東家代々

初　代　五郎右衛門（伊東祐利）
二　代　五郎右衛門
三　代　平井　徳左衛門（四代目の後見伊東家と血縁関係無）
四　代　五郎右衛門（二代目の嫡男）
五　代　五郎右衛門
六　代　五郎右衛門
七　代　五郎右衛門（医師名・遊亀）
八　代　五郎右衛門
九　代　五郎右衛門
徳川幕府滅亡　明治になり「伊東」復活
十　代　伊東重六郎（婿養子のため「祐」は名乗らず）
十一代　伊東すぎ（生涯独身　十二代目を継ぐ実妹「かま」の後見、十代の嫡男夭逝のため）
十二代　伊東泰三（十代目実子かまの婿養子「祐」は名乗らず）
十三代　伊東祐彦
十四代　伊東祐朔（現在）

伊東祐朔　略歴

1939年　大阪府に生まれる　本籍地・恵那市飯地町十番地

職歴　1963年～2000年　岐阜東高等学校教諭　1974年～1977年　名古屋栄養短期大学（現・名古屋文理大学）生物学講師兼務

活動歴　岐阜県私立学校教職員組合連合書記長　同委員長　岐阜県自然環境保全連合執行部長代行　全国自然保護連合理事　長良川下流域生物相調査団事務局長　等

著書　『カモシカ騒動記』『ぼくはニホンカモシカ』『ぼくゴリラ』『終わらない河口堰問題』（以上・築地書館）『人間て何だ』（文芸社）『豊臣方落人の隠れ里』（自費出版）『小さな小さな藩と寒村の物語』（垂井日之出印刷所）『嵐に弄ばれた少年たち　「天正遣欧使節」の実像』（垂井日之出印刷所）

共著　『長良川下流域生物相調査報告書』前編・後編（長良川生物相調査団）『長良川河口堰が自然に与えた影響』（日本自然保護協会）『トンボ池の夏』（文芸社）

海外調査　旧ソ連コーカサス地方長寿村　ガラパゴス諸島二回　アフリカ大陸三十数回

子孫が語る「曽我物語」

伊東祐朔　著

岐阜大学教授
近藤　真　序文

発行日　平成二十九年八月十五日

発行所　(資)垂井日之出印刷所
〒五〇三-二一二一
岐阜県不破郡垂井町綾戸一〇九八-一
電　話　〇五八四-二二-二一四〇
ＦＡＸ　〇五八四-二三-三八三二

印　刷　(資)垂井日之出印刷所

郵便振替　00820-0-093249
垂井日之出印刷

定価はカバーに表記してあります。
落丁乱丁本はお取替えいたします。

ISBN978-4-907915-07-0

続いて読みたい本

大阪夏の陣で豊臣が滅亡した後、家臣であった伊東家の祖先が、徳川幕府の目を逃れ隠れ住んだ地、それが恵那の山中・飯地でした。苗木一万石の小藩に匿われて生き延びた一族・十四代の記録が、古文書「市政家歳代記」の解読と共に、鮮やかに現代に蘇ります。

「豊臣方落人の隠れ里 市政・伊東家日誌による飯地の歴史」（普及版）

伊東　祐朔（十四代当主）著
加藤　宣義（苗木遠山資料館）古文書解説
小池　昌晴　挿画

268頁　並製本
定価　二〇〇〇円(税込)
ISBN978-4-9903639-2-5

郵便振替　〇〇八二〇-〇-〇九三二四九
（加入者名・垂井日之出印刷）
代金引換　日本郵便代金引換を利用します。
代引き手数料一律三二四円(税込)を
ご負担願います。

＊書店では取り扱っていません。

(資)垂井日之出印刷所
電　話　〇五八四-二二-二一四〇
FAX　〇五八四-二三-三八三二
〒五〇三-二一一二
岐阜県不破郡垂井町綾戸一〇九八-一
までお申し込みください。

続いて読みたい本

九州・飫肥の城主だった伊東家、敗れた豊臣側についたため、徳川幕府の目を逃れ隠れ住んだ地、それが岐阜県・恵那の山中である。苗木一万石に匿われて生き延びた一族・その七代目の時に起きた、尾張藩との土地争い。負傷者が発生し、江戸幕府での評定(裁判)が開かれ、小藩の苗木が勝訴した一大事件だった。克明に描かれた記録を基に、十四代当主・伊東祐朔氏が歴史小説として書き下ろした。

徳川御三家・尾張藩六十二万石に隣接する

「小さな小さな藩と寒村の物語」

伊東　祐朔・著

Ａ５判　１７２頁　並製本
定価　一二〇〇円(税込)
ＩＳＢＮ９７８-４-９９０３６３９-３-２

＊地方小出版流通センター取扱い

(資)垂井日之出印刷所
電　話　〇五八四-二二-二二四〇
ＦＡＸ　〇五八四-二三-三八三二
〒五〇三-二一一二
岐阜県不破郡垂井町綾戸一〇九八-一
までお申し込みください。

郵便振替　〇〇八二〇-〇-〇九三二四九
(加入者名・垂井日之出印刷)

郵便振替で申込みいただいた方には送料無料でお送りします。

直ぐに読みたい方は、日本郵便代金引換を利用します。

送料の他に代引き手数料一律三二四円(税込)をご負担いただきます。

続いて読みたい本

十六世紀後半、伊東マンショはじめ四名の少年使節がローマ教皇のもとへ派遣されて日本を旅立った。一行は嵐を乗越えマドリード、ローマと訪れ、教皇に謁見した。やがて帰国の途に着き八年五ヶ月ぶりに日本の地を踏んだ。しかしそれは禁教令の発せられる中での帰国であった。領土的野心の満ちた宣教師の思惑や、異文化との接触に戸惑いながらも対応し得た柔軟性のある少年使節たち、帰国後に新しい文物・技術をもたらして後世に伝える役割を果たしたことなどがドキュメンタリータッチで描かれた歴史小説である。

嵐に弄ばれた少年たち　「天正遣欧使節」の実像

伊東　祐朔・著

A5判　204頁　並製本
定価　一二〇〇円(税込)
ISBN978-4-907915-04-9

*地方小出版流通センター取扱い
(資) 垂井日之出印刷所
電　話 〇五八四-二二-二一四〇
FAX 〇五八四-二三-三八三二
〒五〇三-二一一二
岐阜県不破郡垂井町綾戸一〇九八-一
までお申し込みください。

郵便振替　〇〇八二〇-〇-〇九三二四九
（加入者名・垂井日之出印刷）
代金引換　日本郵便代金引換を利用します。
代引き手数料一律三二四円(税込)を
ご負担願います。

刊行物案内　　日之出印刷の本

「かーわいーい　My　Dear　Children　発達障がいの子どもたちと…特別支援学校の日々」
近藤博仁・著

ウクレレ片手に親父ギャグを連発する教室。いつも怒っていた子どもがいい顔に変わる。岐阜県の特別支援学校を定年退職した教師の、定年までの五年間の子どもたちとの格闘、教師像を描いた情感あふれた著書。障がいのある子と関わる人はもちろん、それ以外の方にも読んでいただきたい一冊である。

A5判　一九二ページ　並製本　定価一二〇〇円(税込)

「岐阜の自然考 - ふるさとぎふの多様な生きものたち - 」

日本列島は、生物多様性ホットスポットといわれます。多くの固有な生物が分布するにも関わらず、環境破壊が進む地域だからです。

この「岐阜の自然考」は、五年間にわたる岐阜市自然環境基礎調査に関わった調査員が、調査の過程で明らかになったことや、感じたことを多くの人に知ってもらいたいと願って、岐阜新聞へ連載したコラムをまとめたものです。一六五編、植物・鳥・けもの・魚・貝・爬虫類・両生類・甲殻類・昆虫と多様な生きものが登場し、そこには生きものの減少、外来種の侵入、生態系の恵みなどが綴られています。ぜひ手に取っていただき調査員の熱き思いを感じてください。

編集　岐阜の自然考出版委員会

A5判　一九二頁　口絵カラー　並製本

定価　一二〇〇円(税込)

「原生林のコウモリ」
遠藤公男・著

著者が岩手県の山中に生息するコウモリを分校の子どもたちと調べた記録であり、最後はコウモリの集団営巣地を守るために立ち上がった姿が描かれている。

A5判　一六六ページ　並製本　定価一二〇〇円(税込)

「アリランの青い鳥」
遠藤公男・著

渡り鳥に国境はない。「アリランの青い鳥」は実際に、北と南に引き裂かれ、会うことのかなわない親子をつないだ物語。読んだ人は涙を流さずにはいられない。推薦・樋口広芳（東京大学名誉教授）

A5判　一八〇ページ　並製本　定価一二〇〇円(税込)

「アジアの動物記　韓国の最後の豹」
遠藤公男・著

韓国にはかつて豹がいた。筆者は最後かもしれない二頭を取材した。一頭は山脈の奥地の村で猟師のワナにかかりソウルの動物園に飼われた。捕獲された村を尋ねてみると現代文明のとうに失ったものがあった。

新書判　二四〇ページ　並製本　定価一二〇〇円(税込)

「アジアの動物記　悠久のポーヤン湖」
遠藤公男・著

ポーヤン湖は中国最大の淡水湖だが、奇跡のようにソデグロヅルの大群が発見されて脚光を浴びた。訪ねてみると、夢のような原野の中の湖なのにツルたちは警戒心が強い。実は湖に狩猟隊がいて、小舟で暗夜、何百羽もの白鳥やツルを捕って売ったり食べていた。

新書判　二五二ページ　並製本　定価一二〇〇円(税込)